さとう Satou
ill. ひたきゆう
S級冒険者が歩む道
パーティーを追放された少年は真の能力『武器《ウエポン》マスター』に覚醒し、やがて世界最強へ至る

「……」
孤高の冒険者
ハイセ

「ではみんな、グラスを手に……乾杯!!」
回復術師
ピアソラ
魔法使い
タイクーン
盾士
レイノルド
弓士
ロビン
セイクリッドのリーダー
サーシャ

「食らいやがれ!!」

弾切れになり、
ハイセはサブマシンガンを捨てる。
そして、Ｍ１８７３を持ち、
頭めがけて引金を引く。
レバーを引いて装填し発射。
レバーを引いて装填し発射。
レバーを引いて装填し発射……

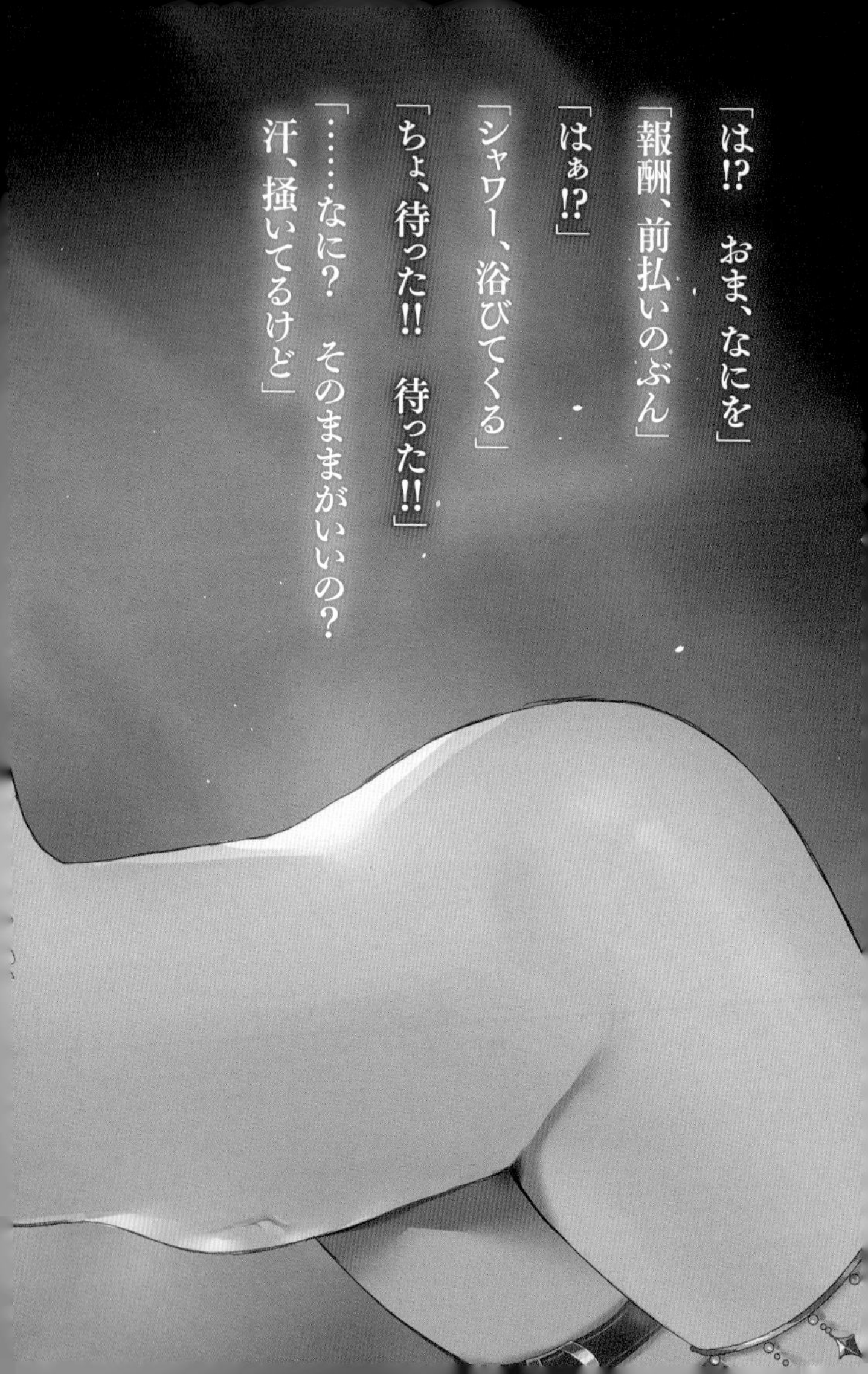
「は!?　おま、なにを」

「報酬、前払いのぶん」

「はぁ!?」

「シャワー、浴びてくる」

「ちょ、待った!!　待った!!」

「……なに？　そのままがいいの？

汗、掻いてるけど」

エルフ
プレセア

THE ROAD OF GRADE S HUNTER

プロローグ　二人のS級冒険者 ―― 003

第一章　ハイセとサーシャ ―― 011

第二章　闇の化身と銀の戦乙女 ―― 048

第三章　月夜の贖罪 ―― 063

第四章　無口なエルフと万年光月草 ―― 088

第五章　チーム『セイクリッド』の冒険 ―― 171

第六章　それぞれの休日 ―― 231

第七章　訪れる不穏 ―― 251

第八章　冒険者たちの戦い ―― 280

エピローグ　S級冒険者が歩む道 ―― 331

VOL. 1 CONTENTS

Presented by Satou & Hitakiyuu

S級冒険者が歩む道

～パーティーを追放された少年は真の能力『武器マスター』に覚醒し、やがて世界最強へ至る～

さとう

GA文庫

カバー・口絵　本文イラスト
ひたきゆう

プロローグ　二人のＳ級冒険者

「聞いたか⁉　あの『銀の戦乙女《ブリュンヒルデ》』サーシャが、ついにＳ級冒険者に認定だってよ‼」

「バカ、そんなのとっくに話題になってるっつーの」

人間界最大の国、ハイベルグ王国。王都リュゼンの酒場は、最年少の十六歳で『Ｓ級冒険者』に認定された少女、サーシャの話題で持ちきりだ。

「な、Ｓ級冒険者ってことは『クラン』も設立できるんだろ？　うちのチームも加入できないかねぇ」

「バッカ。うちみたいな万年Ｃ級のチームが相手にされっかよ」

「でもでも、サーシャさん、すっごく優しい方よ？　低ランクの初心者にだって優しく微笑《ほほえ》んでくれるし」

「それお前のことだろ」

「サーシャってさ、男はいないのかね？」

「いるって。同じチームのレイノルド。あいつももうすぐＳ級って噂《うわさ》だぜ」

「噂じゃ、レイノルドさんは独立しないで、サーシャさんと一緒のクランでやるんじゃない？」

「かもなぁ。で、認定式っていつだ?」

「バカ、今日だよ。しかもとっくに終わってるっつーの」

「あ!! そういえばさ、もう一人いたよな……S級認定されたやつ」

と、次の瞬間——酒場のドアが開き、一人の少年が入って来た。

少年が入るなり、酒場は静まり返る。少年はそれを無視し、カウンター席に座った。

「ステーキ大盛で」

「はいよっ!!」

黒い少年だった。

分厚いコート、シャツ、ズボン、ブーツとにかく黒い。顔立ちは端正で、あどけなさの残る顔つきだ……が、右目の部分に引き裂かれたような痕があり、眼帯をしていた。

異質な気配に、酒場は静まり返る。

そして、少年の前にステーキの皿が置かれた。

少年は無言で肉を食べ始めると、ようやく酒場に喧騒《けんそう》が戻る。

そのうちの一人が言った。

「あいつだよ……」

「あ?」

「そういやお前、王都に来たばかりで知らねぇよな」

酒場客の一人が、黒い少年の背中を見ながら言う。

「サーシャ以外にもう一人、S級認定された冒険者が、あいつなんだ」

「……ただのガキだろ？」

「ただの、じゃねぇ。あいつはソロでSレート級のドラゴンすら狩るバケモンだ。付いた二つ名が『闇の化身《ダークストーカー》』……いくつものクランから声を掛《か》けられても、S級冒険者にチームの勧誘を受けても無視。どのチームにも所属しない一匹狼なんだよ」

「へぇ……なぁ、すっげえ傷あるけど、あれなんだ？」

「知らん。関《かか》わらねぇ方がいいぜ。仲間を作らないのはやつの『能力』が仲間を巻き込んじまう危険な力だかららしい。それで仲間殺しちまったんだとさ」

「こっわ……さっさと出て行けよ」

少年は肉を完食。金を置いて酒場を出て行った。

「そういや、噂なんだけどよ」

「また噂かよ。嘘《うそ》クセェなぁ」

「うっせ。今のガキと、サーシャ……同じチームだったらしいぜ」

「はぁ？　んなわけねぇだろ」

酒場での夜は更けていく。

黒い少年が食事をしたところではない、別の酒場。

この建物は二階が宿になっており、一階は酒場になっている。

今日は、Ｓ級冒険者に認定されたサーシャのチーム『セイクリッド』の貸し切りだ。

酒場の真ん中に大きな円卓があり、そこにびっしりと料理が並んでいる。

円卓を囲むのは五人の人間。

「じゃ、みんなジョッキ持ったか？」

赤髪リーゼントヘアの、体格のいい青年がニカッと笑う。

「レイノルド。その笑み、気色悪いからやめてって何度も申してますわよね？　せっかくのお祝いなのに気が滅入《めい》りますわ……ああ、神よ」

「ピアソラ、ひっでぇな⁉　なあサーシャ、こいつの毒舌なんとかしてくれぇ……オレ、泣いちゃうぜ？」

赤髪リーゼントのレイノルドのウソ泣きに、綺麗《きれい》な桃色の髪をなびかせたシスター服の少女ピアソラが「フン」と鼻を鳴らす。そう、ピアソラは大の男嫌いなのだ。

そして、銀髪美少女のサーシャは、凛々《りり》しい笑みを浮かべる。

「ピアソラ、今日ばかりは勘弁してくれない」『サーシャが言うなら‼　ああん、サーシャぁ……今夜、アナタのお部屋に行ってもいい？」

サーシャが言い切る前に、ピアソラは椅子《いす》ごとサーシャにすり寄り、腕に抱きついた。

そう、ピアソラは本気でサーシャを愛していた。いつかは子供を……と、考えている。

すると、大きなため息を吐《つ》き、茶髪のクセッ毛をした眼鏡《めがね》の少年が言う。

「全く、女同士で何を考えているんだか。サーシャ、嫌ならイヤって言わないとダメだぞ」

「あ？　おいタイクーン、今なんて言った？」

「猫被《ねこかぶ》り聖女って言ったのさ」

「あぁぁぁん⁉」

額に青筋を浮かべ、ピアソラは顔を歪《ゆが》ませる。

だが、タイクーンと呼ばれた少年は眼鏡をくいっと上げて微笑むだけだ。

いつものじゃれあい……だから、サーシャは止めない。

すると、濃い緑色の髪をポニーテールにした少女、ロビンが言う。

「ね、乾杯しよっ‼　あたし、お腹《なか》もう限界だしぃ～」

「そうだな。ではみんな、グラスを手に……乾杯‼」

サーシャの号令で、全員が乾杯した。

そして、エールを一気に飲み干し……最初に、ピアソラが甘ったるい声で言った。

「サーシャ、Ｓ級昇格、おめでとうございます‼」

「ありがとう、ピアソラ」

「えへへぇ～……これで結婚へまた一歩、ですね‼」

「あ、ああ」

ちょっと困惑のサーシャ。そして、エールをちびちび飲むタイクーンが言う。

「S級冒険者に認定された者はクランの設立が可能になる。冒険者チームを傘下に入れてクランを拡張させれば、『四大クラン』への加入も見えてくる……いや、ボクらが入れば五大クランか。そうなれば、安定した生活も夢じゃない」

ピアソラの『結婚へまた一歩』とは、こういう意味だ。

ロビンは、エールを飲みながら頰《ほお》を染めて言う。

「あたしは……ダンジョン、挑戦続けたいな。まだまだ世界には多くのダンジョンあるし」

「オレもだ。それに……サーシャはクラン設立して事務仕事やるようなタマじゃねぇ。戦う姿が何よりも美しいと思うぜ」

「からかうな、レイノルド」

サーシャは頰を染め、そっぽを向いた。

そのしぐさが可愛《かわい》らしく、ピアソラがサーシャの腕に抱きつき、十六歳にしては豊満な胸をぐりぐりと押し付ける。男ならデレデレするだろうが、同性なので効果は薄い。

「ああ、サーシャぁ……私、本当にあなたが好きぃ。ねぇ、クラン作ったら私と愛を育みましょう?」

「何度も言うがピアソラ。私は、お前の愛には応《こた》えられん……女だからな」

「関係ないわぁ!!　女同士もいいもん!!　子供作れるもん!!」

「作れるわけないだろう……馬鹿《ばか》め」

「あぁ⁉」

ピアソラがタイクーンにキレた。が、タイクーンは涼しい顔だ。すると、レイノルドが言う。

「なぁ、サーシャ」

「ん？」

「クラン設立はするとして、やることは山積みだぜ。これからいろんな冒険者チームがクラン加入の申請をしてくる。それに、いつまでも宿暮らしってわけにもいかんし、オレらの本拠地も必要だ。それに、Ｓ級は国からの依頼も来る。お前は有名人だし、間違いなく来る。これからかなり忙しくなるぜ」

「わかっている。だが、心配はしていない」

「ん？」

「レイノルド。お前がいるからな」

「…………お、おだてるの上手《うま》いな、サーシャ」

「本心だ」

サーシャの少し酔った赤い顔で言われ、レイノルドはそっぽを向いた。

食事、酒が進み、楽しい時間はあっという間に過ぎていく。

酔っていたせいか……ピアソラが、口を滑らせた。

「そういえば、あの男!!　あの男もS級認定されましたね。まったく、どんな手を使ったのやら——……ぁ」

あの男。その単語に、全員が一人の少年を連想し黙り込む。

ピアソラは、「やっちゃった」と言わんばかりに口を押さえた。そして、全員がサーシャを見る。

「……強くなっていたな。本当に、驚いたよ」

「……サーシャ、何度でも言う。あの時のお前の選択は、間違っていなかった」

レイノルドが慰めるが、効果は薄いようだ。

そして、サーシャは言う。

「まさか、ハイセが……私と同じ、S級に認定されるとはな」

黒い少年。またの名をハイセ。

S級冒険者『闇の化身』の、本当の名前。かつて、『セイクリッド』に在籍していた……いや、サーシャと二人で始めた『セイクリッド』の副リーダー。サーシャの幼馴染《おさななじみ》でもあった、心優しい少年。

そして……サーシャが『セイクリッド』から、追放した少年だった。

第一章　ハイセとサーシャ

ハイベルグ王国、王都リュゼンから遠く離れた場所にある何の変哲もない村。ハイセとサーシャはここで生まれた。

同い年で、家が隣同士であり、幼馴染《おさななじみ》として幼少期を過ごした。村の中でかくれんぼをしたり、棒切れを手にしたサーシャと『騎士ごっこ』をして遊んだり……二人は仲良く過ごしていた。

ハイセとサーシャは、幼い頃から、身体の内側に『何か』があるような気がしていた。漠然とした『何か』で、説明はできない。そのことを両親に話すと、互いの両親は同じことを言った。

『それは、神様が二人にくれた能力だね』

能力。それは、神が人に与えし奇跡。

この世界には、『能力』を持つ人間が一定数存在する。能力を持つと、身体能力が上がったり、魔法を使えるようになったり、特殊な技能を使えるようになる。

ハイセたちの村にも、『剣士《ソードマン》』という能力を持つ男性がいる。剣を持つことで、一流の剣術が使えるようになる能力であり、男性は村の警備を一手に引き受けている。

他に、『槍士《ランサー》』の能力を持つ女性もいた。ハイセとサーシャは、彼女が冒険者に憧《あこが》れ王都に向かうのを、村人総出で見送ったことをよく覚えていた。

『能力』は、十二歳になると、王都で『洗礼』を受け、初めて『授かる』ことができる。

最初は、自分たちに『能力』が宿っていることなんて、あまり気にしていなかったハイセとサーシャ。

だがある日。二人の両親と一緒に近くの森へ野草採取に出かけた時だった。運悪く熊のような魔獣が現れ、二人の両親は抵抗する間もなく爪《つめ》で引き裂かれた。

両親は最後の力を振り絞り「逃げろ」と言った。だが……二人は恐怖で動けなかった。

熊の魔獣の爪《き》は、ハイセたちも引き裂こうとしたが——……突如、冒険者が現れ、熊の魔獣を斬り倒した。

剣を振る冒険者、盾を構え二人を守る冒険者。その姿が二人の眼に焼き付いた。

両親は助からなかった……この時、二人は十一歳。

親を失った二人だが、すべきことは決まっていた。

「サーシャ……王都に行こう。王都に行って、能力を手に入れて、冒険者になろう」

二人は両親が残した僅《わず》かなお金を使い、王都リュゼンへ。

冒険者が集う『冒険者ギルド』に向かい、一年間、冒険者たちのチームで下働きをする。そして十二歳になり……ハイセとサーシャは『能力』を授かる『洗礼』を受けた。

洗礼を受けると能力名がわかる。そして、自身の能力について詳しく知るには、冒険者ギルドにある『能力大全書』を見るとわかるのだ。

サーシャが受け取った能力は、『ソードマスター』だった。

「やったあ‼　ハイセ、私……本当にソードマスターだったよ‼」

「うん‼　おめでとう、サーシャ‼」

能力名に『マスター』と付くのは、数多くある能力での十六種しか確認されていない。しかも、その持ち主の多くが有名な冒険者ばかりである。マスター系の能力を手に入れれば冒険者として大成するとまで言われていた。

そして、ハイセの番。

『能力大全書』のページを、ドキドキしながらめくる。そして、そこに書かれていたのは。

「え——……な、なんだ、これ？」

◇◇◇◇◇◇

二年後。ハイセは、大きな荷物を背負い、仲間たちに遅れながら歩いていた。

能力を受け取り二年。十四歳となったハイセとサーシャはチームを組み、今では仲間も増えた。

　だが、実力は大きく引き離されていた。

「はぁ、はぁ、はぁ——……」

「おいおいハイセ、大丈夫か？」

　レイノルドに肩を叩《たた》かれ、ハイセは苦笑いで答えた。

　仲間たち全員の、三泊ぶんの荷物だ。それを一人で背負うハイセは、汗びっしょりで、足もガクガク震えていたが、決して止まらない。

　だが、チームリーダーのサーシャは、ハイセを見てため息を吐いた。

「ここで休憩する。出発は三十分後だ」

「さ、サーシャ‼　ぼくはまだ大丈夫」

「そうは見えない。まだまだ先は長いんだ。休んでおけ」

「でも」

「お前が倒れたら誰《だれ》がその荷物を持つ？　私か？　レイノルドか？　タイクーンか？　ロビンか？　ピアソラか？　戦闘員である私たちが荷物を持ち、疲労するわけにはいかないんだ」

「……う」

「ぷくく。荷物持ちしかできないんだから、言うことくらい聞きなさいよ」

　ピアソラが馬鹿《ばか》にしたように笑う。そのピアソラを押しのけ、ロビンが来た。

「ね、あたしも荷物持つよ。サーシャ、いいよね」

「駄目だ。弓士《アーチャー》であるお前の腕に余計な負担はかけられない。今回の討伐は、私たちの昇格がかかった重要な依頼だ」

「でもぉ……」

「駄目だ」

「……ありがとうロビン。ぼくは大丈夫だから」

「ハイセ……」

「……早く休め」

そう言い、サーシャはどっかり座った。

サーシャは個人ではすでにA級冒険者。チーム『セイクリッド』はB級チームとして、王都で注目されていた。

レイノルドはハイセの荷物を下ろす手伝いをする。

「ま、ゆっくり休もうぜ。ほらハイセ、荷物下ろせって」

「あ、ありがとう……」

レイノルドはB級冒険者にして優秀な盾士《ガードナー》。『セイクリッド』の兄貴分だ。

そして、魔法使いのタイクーンと、弓士ロビン、回復術師のピアソラ、荷物持ちのハイセを入れた六人が、チーム『セイクリッド』である。

ハイセは、申し訳なさそうに言う。

「……ごめん、レイノルド。ぼくの『能力』がどんなものかわかれば、みんなの役に立てるのに」

「気にすんなって。それに、詳細はわからねーけど、お前の『能力』もレアなのは間違いねぇんだ。いつかわかるときがくるさ」

「……うん」

「レイノルドは優しいわねぇ。ま、それまでハイセが生きていれば、だけど」

「おいピアソラ、言っていいことと悪いことがあるぞ」

レイノルドがピアソラを睨《にら》む。ピアソラは舌を出し「ごめーん」と謝った。

「……はあ」

「気にすんな。それより、しっかり休んどけ」

レイノルドはハイセから離れ、サーシャの元へ。

「……サーシャ」

「レイノルド。ハイセの様子は?」

「だいぶ疲れてんな。まぁ、意地はあるから何とかなると思うが」

「…………」

「……やっぱ、決めたのか?」

「ああ」

サーシャは、荷物にもたれかかり熟睡するハイセを見た。

「あいつは、もう私たちに付いていてこれない。チームから抜けてもらうしかない」

「……いいのか？　お前の幼馴染だぞ」

「いいんだ。たとえ恨まれようと、ハイセが死ぬところなんて見たくない」

サーシャは、顔を赤らめてそっぽを向く。

想《おも》っているのがすぐにわかった。レイノルドは、胸の痛みを無視して言う。

「タイクーンたちは？」

「……ピアソラは賛成、タイクーンは賛成したが内心納得していない。ロビンは……反対だ」

「……あいつ、ハイセに懐いてるからな」

「…………」

「これが最後だ……本当に、いいんだな？」

「ああ。この依頼が終わったら、ハイセを追放する」


翌日。

サーシャたちがやってきたのは、討伐レートAの魔獣、『クインコブラ』の巣。

クインコブラは女王の名前であり、オスの魔獣は『ヴァイパー』と言う。

クインコブラを筆頭にヴァイパーが大量に群がりコロニーを形成する。ヴァイパーの強さは討伐レートDだが、クインコブラは討伐レートAの強さを持つ。

今回、巣の殲滅《せんめつ》がサーシャたちへの依頼だ。巣の近くで、レイノルドたちは打ち合わせをする。

「作戦は単純。私が突っ込んでオスとメスを始末する。タイクーンとロビンは援護、レイノルドは後衛の守りで、余裕があれば参戦。ピアソラは回復役として待機」

「ぼ、ぼくは……」

「待機だ。何もできないだろう？」

「……っ」

「では、作戦開始……タイクーン」

タイクーンは杖《つえ》を取り出し、サーシャに向ける。

「『速度上昇』、『攻撃上昇』」

支援魔法。

『能力』の中には、発現すると『魔法』が使えるようになるものがある。魔力という生命エネルギーを使用し、『火魔法』、『水魔法』など自然エネルギーを増幅し放出する力や、身体に作用する『支援魔法』、傷や病気を治す『回復魔法』など、種類は数多くある。

タイクーンの能力は『賢者』であり、回復魔法以外の魔法を行使できる能力だ。中でもタイクーンは支援魔法を最も得意としていた。

「では、行ってくる」

ドン!!　と、地面を蹴《け》って走り出すサーシャは、ほんの数秒で『巣』に到着。門番として立っていた二足歩行の蜥蜴《とかげ》のようなヴァイパーを容易《たやす》く両断。巣の中心に躍り出た。

『ギッ⁉』『ギィィ⁉』『ギャウゥ!!』

ヴァイパーたちが一斉に騒ぎ出し、奥の台座に寝転んでいた女王もムクリと起き上がる。

「悪いが――お前たちは、ここで滅びる」

サーシャが剣を構えると、淡い銀色の『闘気』が身体を包み込む。

能力『ソードマスター』……刀剣において最強の能力。剣を持つと、圧倒的な身体能力と剣技を得る。

そして最大の特徴は、魔力を自在に放出し、剣や鎧《よろい》に纏《まと》わせて強化させることができる。数ある能力の中でも、最強の能力の一つである。

タイクーンの支援魔法、ロビンの援護のおかげで、サーシャは難なくヴァイパーたちを斬り伏せていく。

潜んでいたヴァイパーたちがタイクーンたちの元へ向かってくるが、両手に異なるサイズの盾を装備したレイノルドが突進で吹き飛ばした。

「『シールドブレイク』!!」

レイノルドの能力は『シールドマスター』だ。

盾職最高の能力であり、将来はS級冒険者に期待されている。

マスター系能力の使い手が二人いる。これが、『セイクリッド』が期待されている理由だ。

「……ぼくも」

ハイセの能力。能力は間違いなく手に入れた……が、『詳細不明』な能力だ。

なので、使い方がわからない。何もできず、守られているだけ。

それが歯がゆく――悔しい。

「ちょっと、前に出すぎですわよ!!」

レイノルドの近くまで来てしまったハイセ。すると、横から槍を構えたヴァイパーが突っ込んできた。

「しまっ……ハイセ!!」

次の瞬間、ヴァイパーの首が斬り飛ばされた。サーシャが斬った。そして、叫ぶ。

「下がっていろ、この役立たずが!!」

「……っ」

鬼のような形相《ぎょうそう》で怒鳴られ、ハイセは震えながら下がった。

クインコブラとヴァイパーを討伐し、素材の回収が始まった。

血、内蔵、心臓部にある魔獣の『核』……回収できるものは、素材だけではない。

「おいこれ、人間だぜ……」

「……食料、だな」

人骨が、大量にあった。

クインコブラがいた台座の裏に、攫《さら》った人間の人骨や荷物が大量にあったのだ。

「持てるだけ持ち、ギルドに届けよう……」

「え、素材は？」

「クインコブラの核だけで十分だ。それで討伐の証明になる。ピアソラ……頼む」

「はい、お任せくださいな」

人骨の前で、ピアソラが祈りを捧げる。

修道女でもあるピアソラの祈りは、死した者への慰めになる。

人間の荷物を整理し始めると、ハイセが妙な本を見つけた。

「なんだ、これ……？」

それは、古文書だろうか。手書きの、妙な図形が描かれた本だった。

これも遺物だろうか。そう悩んでいると。

「ちょっと!! サボらないで荷物入れなさいな!!」

「あ、ああ。ゴメン」

ピアソラに言われ、ハイセは本を自分のカバンに入れた。

後に、この本が……ハイセの人生を、大きく変えることになる。


クインコブラ討伐後、冒険者ギルドに報告を終え、拠点の宿屋に戻ったハイセたち。

サーシャの口から出た言葉は、ハイセが想像すらしていない言葉だった。

「い、今……なんて?」

「聞こえなかったのか? ハイセ、お前にはチームを抜けてもらう」

「さ、サーシャ……わ、悪い冗談はよしてよ。ぼくが、チームを……クビだなんて」

「冗談に聞こえるのか? 悪いが、本当だ。ハイセ、お前はもう、このチームに相応《ふさわ》しくない」

「そ、そんな……」

「この『セイクリッド』は、もうすぐA級チームに昇格する。そうなれば、高位ダンジョンにも挑戦できる……ハイセ、お前では足手まといだ」

「……サーシャ、忘れたの？　ぼくと一緒に、最強のチームを作るって……」

「忘れてはいない。だが、お前ではもう無理だ。私は、私のチームで最強を目指す。そこに、お前の席はない」

「……っ」

「これを持って、故郷へ帰るんだ」

サーシャは、大量の金貨が詰まった袋をテーブルに置く。

「ハイセ。お前は……冒険者には、なれないよ」

「ッッッ‼」

初めて――ハイセは、サーシャを憎んだ。

共に過ごし、約束を交わし、冒険者として修行し、『能力』を授《さず》かった……だが、『ソードマスター』を得たサーシャと違い、ハイセの能力は『能力大全書』に名前こそ載っているが、効果は『詳細不明』としか記されていない。

何の役にも立たない能力と認定され、ハイセは荷物持ちしかできない状況が続いている。

「ま、追放ね。当然でしょ」

「ピアソラ……」

ピアソラは、ハイセを嫌っていた。

サーシャを愛していたピアソラにとって、ハイセの存在は正直なところ邪魔だった。

「……すまない、ハイセ」

「タイクーン……」

「ボクは、キミの能力が本当の意味で開花する日が来ると思う。でも……その前に、キミは死ぬかもしれない。わかってくれ、きみは、今の『セイクリッド』に相応しくない」

「……っ」

タイクーンは、一度だけハイセの追放に反対した。

が……実力が伴っていないのは事実。だから、最終的には追放に賛成した。

「……すまねぇ、ハイセ」

「レイノルド……」

「故郷に帰って休みな。オレたちの名が、お前の故郷に轟《とどろ》くように頑張るからよ」

「なんだよ、それ……そこに、ぼくの居場所は、ないの？」

「ああ。ない」

レイノルドは、きっぱり言った。ハイセは俯《うつむ》き、言ってしまう。

「……ぼくがいなくなれば、レイノルドは嬉《うれ》しいよね」

「あ？」

「レイノルド……ぼくのこと、本当は嫌いだもんね」

「な、何ぃ？」

「だって、レイノルドは――きっと」

サーシャを見る。すると、ロビンが叫んだ。

「やっぱり、あたしは反対!! ハイセだって頑張ってるし、追放なんて……」

「ロビン……」

「ね、ハイセの能力だって『マスター系』なんだよ? 名前しかわからないけど、きっと」

「だから!! その能力がわかる前に、ハイセが死んじまうかもしれねぇんだぞ!? それに……これから先の戦いは、ダンジョンは、もっと厳しくなる。ハイセには無理なんだよ!!」

「れ、レイノルド……」

レイノルドは、あえて悪人になろうとした……ハイセが『余計なこと』を言う前に。

「ああそうだ。ハイセ、オレはお前が嫌いだね。いつも金魚のフンみてぇにくっついてくるお前のことが大嫌いだね!! 故郷に戻って畑でも耕してろ!!」

「レイノルド……!!」

タイクーンが諫《いさ》めるが、すぐにハイセを見て言う。

「ハイセ。これはもう決定事項だ。きみは、この『セイクリッド』に必要ない」

「ばいばぁ～いっ」

ピアソラが笑顔で手を振った。そして、サーシャが言う。

「これが最後だ、ハイセ」

「さ、サーシャ……」

「お前は、この『セイクリッド』に必要ない……お前を、追放する」

「…………わかったよ」

ハイセは俯き、踵《きびす》を返す。

「ハイセ、餞別《せんべつ》を」

「いらない」

「だが」

「いらないって言ってんだろ‼」

タイクーンが差し出した袋を叩き落とす。その眼には、涙が溢《あふ》れていた。

「いいさ、辞めてやる。でも……ぼくは諦《あきら》めない。サーシャみたいに、弱者を切り捨てて高みに登ろうとする冒険者になんか絶対にならない‼　ぼくは……絶対に、諦めないからな‼」

「あ……」

サーシャが手を伸ばそうとしたが、ハイセはそのまま部屋を出て、宿を出て行った。

残されたサーシャは、伸ばしかけた手を下ろす。

「弱者を切り捨て、高みに登ろうとする、か……」

「気にすんな……あいつは、いろんなモンが混ざり合って、グチャグチャになってるだけだ。一晩もあれば頭も冷えて、故郷に帰るだろうさ」

「……ああ」

だが、その考えは甘かった……ハイセは、諦めるつもりなんて、欠片《かけら》もなかったのだ。

奇《く》しくも、『追放』がハイセの力となり、サーシャたちを見返すための動力となっていた。

◇◇◇◇◇◇

数日後、ハイセはたった一人で冒険者活動を始めた。

『セイクリッド』はチーム等級がAに昇格し、より高難易度のダンジョンに挑戦したり、依頼を受けるようになり、S級冒険者が率いる『クラン』が注目するようになった。

そんなある日のことだった。

サーシャたちは、依頼でハイベルグ王国から南方にある砂漠の国へ向かった。

その帰り。砂漠の国とハイベルグ王国の国境付近に、回復薬の材料である『シロツメの花』の群生地がある場所を馬車の御者から教えてもらった。

帰りの馬車で、サーシャは言う。

「シロツメの花か……回復薬の材料だったな」

「おい、そんなの聞いてどうするんだよ」

「……ハイセに教えてやろうと思ってな」

「おま、まだ気にしてたのかよ」

レイノルドが呆《あき》れていた。

現在、ハイセはD級冒険者。薬草採取をしながら生計を立て、低難易度のダンジョンに挑戦しながら腕を磨いているらしい。だが、相変わらず能力の詳細はわからないとか。

ピアソラが、つまらなそうに言う。

「頑張ってるけど、ねぇ？　サーシャも、あんなやつのこと忘れちゃえばいいのに」

「……そう、だな」

「…………はぁ」

「ロビン、キミもまだ気にしているのか？」

「……別にぃ」

ロビンとハイセは仲が良かった。追放から二か月以上経過しているが、未《いま》だにロビンは引きずっていた。

サーシャは、どこか寂《さび》しそうに言う。

「教えるくらいならいいだろう？　手を貸すわけじゃないし……」

「やれやれ、好きにすればいい」

「だな。まぁ……少しでも、あいつの助けになるなら、な」

「くっだらなぁい」

「……ハイセ、喜ぶかなぁ？」

冒険者ギルドに行くと、熱烈な歓迎を浴びたチーム『セイクリッド』たち。

「おお‼　チーム『セイクリッド』だ‼」

「砂漠の国ディザーラの依頼だってよ‼」「他国から依頼とかすげえ」

「普通、S級が依頼されるよな」「やっぱすげえ‼」

歓迎を受け、ギルドマスターのガイストに報告。

用事が終わりギルドを出ようとすると……背負った籠《かご》いっぱいに薬草を詰めた、ハイセと鉢合わせした。

「あ……」

「ハイセ……」

幼馴染同士の、約二か月ぶりの再会だ。

片方は、A級冒険者にしてチーム『セイクリッド』のリーダー、王都で最も期待されている十四歳の少女。

もう一人は、薄汚れた格好に、大きな籠いっぱいに薬草をつめ、古ぼけた剣を腰に差す十四歳の少年。

幼馴染同士といっても、誰も信じないだろう。ハイセは俯き、軽く頭を下げて通り過ぎようとした。

「ハイセ、聞け」

「…………」

「ここから南、砂漠の国ディザーラへ行く途中の国境付近に小さな沼地がある。そこに、回復薬の材料である『シロツメの花』の群生地があった……まだ皆に知られていない穴場だ」

「え……」

「それだけだ。じゃ……」

それだけ言い、サーシャたちは去った。レイノルドが軽く肩を叩き、ピアソラがあっかんべーと舌を出し、ロビンが「またね」と声をかけ、タイクーンが眼鏡《めがね》を上げて苦笑する。

追放から二か月……さすがのハイセも、頭が冷えていた。

追放直後は、頭に血が上って冷静ではなかった。だが……本当に、サーシャたちは本当に、ハイセの身を案じての言葉だったとしたら？　そして今、諦めずに頑張るハイセを評価し、今の情報をくれたのではないのか？

「………サーシャ」

もしかしたら――サーシャは、今でも。

◇◇◇◇◇◇

数日後。サーシャたち『セイクリッド』は、ギルドマスターに呼ばれた。

今回はサーシャではない。レイノルドとピアソラのA級昇格が決まったのだ。

ギルドマスターのガイストは、嬉しそうに言う。

「本当に、お前たちは誇らしいよ」

「ありがとうございます、ガイストさん」

「ふ……お前は本当に謙虚だな、サーシャ。ところで、ハイセは……」

「ハイセは、今日も薬草採取でしょう。空いた時間でダンジョンに挑戦して鍛えているようですし」

「そうか……その、実は最近、ハイセについてよくない噂《うわさ》があってな」

「……よくない噂？」

サーシャが眉《まゆ》をひそめる。ガイストは続けた。

「再び、お前たちのチームに返り咲くつもりじゃないか、とな。ハイセが冒険者を辞めずに食らいついていることを茶化す連中も多くいる。噂が噂を広げ、あいつの評判を落とすような噂が広まっている。そこに……お前たちが、ハイセを貶《おとし》めたような内容の噂もな」

「なっ……」

ハイセが戻ることを、サーシャたちが良しとしない。そんな噂が広がっているとか。

「馬鹿馬鹿《ばかばか》しい」

サーシャは斬って捨てた。

「私たちが、ハイセを馬鹿にしたり、貶めたりするとでも？」

「そういう噂だ。お前たちが有名になればなるほど、元チームメンバーのあいつはやっかみを受ける。お前たちの活躍が嬉しくない連中も、一定数はいるからな」

「……っ」

「それに、お前たちがそんなことをする連中じゃないと、私は知っているよ」

ガイストは笑う。

サーシャは嬉しそうに微笑《ほほえ》んだ。ガイストはサーシャにとって、頼れる父親のような存在でもある。

ピアソラは退屈そうに欠伸《あくび》し、レイノルドとタイクーンは黙り込む。ロビンはウンウン頷《うなず》いていた。

「ハイセとは、最近どうなんだ？」

「……会話はありませんが、薬草採取にいい場所を見つけたので、伝えておきました」

「そうか。お前なりに、心配しているんだな」

「はい。幼馴染なので……」

サーシャは笑った。

「薬草採取にいい場所か。ところで、そこはどこだ？」

「砂漠の国ディザーラに行く途中にあった、小さな沼地です。帰る途中、薬草が群生しているのが見えて」

「………何？」

と、ガイストの顔色が変わった。

「確かなのか？」

「え？　え、ええ……馬車から覗《のぞ》いただけですけど、あれは間違いなく『シロツメの花』でした」

「……ハイセは、薬草採取に行ったのか？」

「は、はい……」

「──ッ」

ガイストは立ち上がった。表情がこわばり、顔を押さえる。

「そうか、お前たちは砂漠の国に……クソ、このままじゃまずい」

「あ、あの……ギルドマスター？　何が」「た、大変だぁ!!　ギルドマスター、ギルドマスター!!」

と、ギルドマスターの部屋に、冒険者が飛び込んで来た。

「し、した!!　下に来てくれ、とんでもねぇことになった!!」

「くっ……わかった、すぐ行く。サーシャ、お前たちも来い」

「え、あ……はい」

全員で下に降りると――むせ返るような血の匂《にお》いがした。

冒険者ギルド一階は、受付カウンターと冒険者たちの休憩スペースが設けてあるので広い。入り口も、混雑しないように大きく設計されている。

だが、今は――入り口が大量の血で汚れ、何かを引きずったような跡が残っている。

そして、冒険者ギルドの中央に、『それ』があった。

「こ、これは……」

漆黒の表皮、爆発《ばくはつ》したように千切れ飛んだ、大きな頭部。

それは――災害級危険種、ＳＳ＋レートの魔獣、『ブラックエンシェント・ドラゴン』の死骸だった。

そして、ブラックエンシェント・ドラゴンの死骸にもたれかかるのは。

「は……ハイセ⁉」

サーシャが叫ぶ。そこにいたのは、ボロボロのハイセだった。

思わず駆け寄るサーシャだが、殺意を込めた目でハイセに睨まれる……よく見ると、顔が引き裂かれたようで、右目が完全に潰《つぶ》れていた

「サーシャ……そんなに、ぼくが……俺が、憎いのか」

「え……」

重傷だった。身体中、ドラゴンの爪で引き裂かれたようだ。

大量出血しているが、目だけがギラギラしている。

「残念だったな、俺は生きてるぞ……見ろ!!　俺が、このドラゴンを倒した!!　俺がそんなに邪魔か⁉　俺は……お前が少しでも認めてくれたのかと、嬉しかったのに……お前のことを、もう一度信じようと思ったのに!!」

「な、なにを……？」

「俺は生きてる。そして、もうわかった……お前らはクソだ。お前らだけじゃない。もう、俺は誰も信じない!!　俺は、俺の力だけで、最強になってやる!!　サーシャ……お前は、おまえ、は……」

ハイセは、気を失った。サーシャは、ただ震えるだけだった。

理由はわからない。でも……ハイセがこれほど殺意を向ける理由が、間違いなくサーシャにはあった。

◆◆◆◆◆◆

——ハイセが、『シロツメの花』の採取に出る数日前。

ハイセは、スラム街近くのボロ宿の部屋で、カバンに入っていた『古文書』を開いていた。

何が書かれているかはわからない。だが、なんとなく気になったのだ。

誰かの持ち物なのだろうが、ハイセは手放せなかった。

「うーん……なんだろう、この字。それに……この、図形」

妙な図形だった。細長く、筒のような、変なバネのようなモノが書かれている。

そして、理解できない文字。『意味不明』という点で、ハイセの『能力』とどこか共通しているような気がした。

「まぁ、いいか。少しずつ、解読してみよう。もしかしたら……ぼくの『能力』が目覚めるきっかけになるかもしれないし」

ハイセは本を閉じ、カバンに入れた。

そして、部屋に置いてある大きな籠を背負い、苦労して買った銅の剣を腰に差す。

一階に降りると、オーナーの老人がジロっと見た。

「じゃ、行ってきます」

「………」

完全無視。だが、ハイセはこの老人が嫌いではなかった。

冒険者ギルドに入ると、ハイセは注目された。

「あいつ、元『セイクリッド』の」『追放されたやつだ」

「今は薬草採取専門だとよ」『あいつ、捨てられたらしいぜ」

「まだ冒険者やってんのかよ」

ヒソヒソ言われるのも、もう慣れた。

薬草採取の依頼を受け、近場の森へ向かう。

午前は薬草採取。午後は、王都郊外にある、初心者向けの『ダンジョン』で鍛えるのが、ハイセの日常だった。

薬草採取が終わり、午後になりダンジョンへ。本来は、チームでダンジョンに入るのが普通だ。が……『セイクリッド』を追放されたと噂になっているハイセと組む冒険者は、誰もいなかった。

ハイセは、いつも通りソロでダンジョン内へ。

一階層に出現する最弱魔獣の『ゴブリン』を、かろうじて討伐できる実力のハイセ。

ゴブリンの棍棒《こんぼう》で叩かれたりするのにも、もう慣れた。

「いてて……」

今日も、棍棒で何発か叩かれた。が……今日一日で、ゴブリンを二十体倒せた。

最高記録に、ハイセは一人笑う。

「強くなってる」

昨日の自分より、確実に。

堅実な一歩こそ、最高な最強へ続く第一歩だと、ハイセは思っていた。

数日後。ハイセは、薬草採取に出掛けようといつもの森へ行こうとして、サーシャの言葉を思い出した。

「砂漠の国ディザーラとハイベルグ王国の国境付近にある、小さな沼地かぁ」

シロツメの花の、群生地。シロツメの花は回復薬の素材の中で、もっとも高価なものだ。

たくさん摘んで売れば、いいお金になる。

新しい銅の剣……いや、鉄の剣を買うチャンスかもしれない。

少し遠いが、ハイセは行くことにした。たまには一日中、薬草採取も悪くない。

「よし、行こう」

思い切って食料を多めに買い、ハイセは出かけた。

砂漠の国ディザーラへ行く街道はやや複雑だが、地図があるので迷うことはない。

数日歩き、ようやく見えた。小さな森に囲まれた小さな沼地だ。ハイセは、迷うことなく進む。

「おお……!!　確かに、これは」

シロツメの花が、咲き乱れていた。

ハイセは、根を傷つけないように花を採取する。根を残しておけば、シロツメの花はまた生えてくる。

「へへ……ありがとうな、サーシャ」

今はもう、住む世界は違うけど……お礼くらいは言ってもいいかもしれない。

最近は、ハイセに関する嫌な噂も増えてきたが、そんなこと気にならないくらい順調だった。

だから——完全に、予想外だった。

「……あれ？　夜？」

急に、暗くなった。

空を見上げると——真っ黒な『何か』が、ハイセの前。沼地に落ちて来た。

「えっ……」

『グォルルルルルル……ッ!!』

それは、全長三十メートルはありそうな、『ドラゴン』だった。二足歩行で、長い腕、長い首、短い脚の、鈍足そうなドラゴンだ。

この沼地は……ドラゴンの水浴び場だったのだ。当然、ハイセはそんなこと知らない。

「あ、ぁ……」

『グルガァァァァ!!』

「つぎ」

ネコが毛虫にじゃれつくように、漆黒のドラゴンの手が、ハイセに触れようとした。

たまたま、泥で滑ってハイセは転んだ——が、ほんの僅かに、爪が触れた。

爪が、ハイセの右目を引き裂いた。

「つぎ、ヤァァァァァァァァ――――ッッッ⁉」

大量に出血した。そして、倒れたハイセに向かって、ドラゴンが尻尾《しっぽ》でハイセを弾《はじ》き飛ばしたのだ。

「グぶぇっ⁉」

高速で弾き飛ばされ、木に激突する。

信じられない量の血が口から吐き出され、視界が真《ま》っ赤《か》に染まった。

何が起きたのか、死にかけたことで逆に意識がはっきりしていた。

わかったのは、ここがドラゴンの水浴び場ということ。

「……で」

なんで？　どうしてサーシャはこんなところを紹介した？　ドラゴンの水浴び場だと知っていたのか？

『グルルルル……ッ‼』

死ぬ。何もできないまま、冒険者としてではなく、ただの餌として。

手も、足も動かない。頭だけが妙にはっきりしていた。思い出すのは、『セイクリッド』とのこと。

そして……なぜか思い出した。知り合いでもない冒険者が言っていた言葉。

『ハイセのやつさ、セイクリッドの汚点みたいなモンだろ？　サーシャたちも疎《うと》んでるんじゃねぇか？』

ストンと、ハイセの胸に落ちた言葉。サーシャたちはまさか、知っていたのか。

「……だ」

嫌だ。死にたくない。助けてほしい。

ハイセは、血の涙を流した。ドラゴンが迫って来る。大きな口からはヨダレが垂れていた。

食われる。だが、どうすればいい？　戦う？　剣はいつの間にか折れていた。何ができる？

──能力。

「………………」

ドラゴンの爪に右目を引き裂かれたハイセ。意識ははっきりしていたのだが、無性に眠くなってきた。

瞼《まぶた》が重い。寝たら、もう起きれない。

「……？」

ふと、視界に入ったのは──……たった今ハイセの血で濡《ぬ》れた古文書。

すると、まるで『読め』と言わんばかりに、ページがペラペラとめくれて止まる。

そして気付く。そこに書いてある文字が、なぜか読めた。

「……ゃ」

残った力を全《すべ》て注《つ》ぎ込《こ》み、震える手で右手を上げる。

すると――ハイセの右手に莫大《ばくだい》な『力』が集まり、形となり、この世に現れる。

それは、妙な形の『筒』だった。

『ゴガァァァァァァッ!!』

大きな口を開けたドラゴン。

ハイセは残った力を全て注ぎ込み――……引金を引いた。

◆◆◆◆◆◆

ハイセが思い出したのは、能力を授かった日のことだった。

「サーシャさんが授かりし能力は……『ソードマスター』です!!」

「ソード、マスター……っ!! やったあ!! ハイセ、私……マスター系の能力だよっ!!」

「うん!! おめでとう、サーシャ!!」

そして、ハイセの番。

「――……え、な、なんだこれ?」

ハイセも、マスター系能力。だが、詳細が不明だったので冒険者ギルドにある『能力大全書』で確認をしたが、そこに書かれていたのは『詳細不明』ということだけだった。

「あの、これ……詳細不明、なんですか? ぼくの力って一体……」

「え、ええと……ま、マスター系の能力なのは、間違いないんですけど」

「でも、聞いたことないです。サーシャ、知ってる？」

「わ、わからないけど……」

「あの、ギルドマスターを呼んできました!!」

「どれどれ……ふうむ？」

ガイストは、首を傾げながら言った。

「うえぽん、マスター……？　ふむ、うえぽん、とは？」

「ギルドマスターにもわからないのですか？」

「ううむ……よし、知り合いのS級冒険者にも確認してみよう」

ハイセの能力は、『うえぽんマスター』

ソードでも、ランスでも、アローでもない。『うえぽん』の意味を、誰も理解できなかった。

◆◆◆◆◆◆

ハイセは、ようやく理解した。この『筒』の使い方を。

ハイセの手にある『筒』から発射されたのは、爆弾だった。

とてつもない速度で発射された『爆弾』が、ドラゴンの口の中に侵入し、喉《のど》の辺りで大爆発を起こす。すると、ドラゴンの首が千切れ飛び、ハイセの前に転がった。

能力を真に理解したハイセには、力が漲《みなぎ》っていた。

立ち上がり、古文書を手に取り……自身の手にある『筒』を見る。

「これが、ぼくの能力……『武器《ウエポン》マスター』」

古文書には、M79投擲《とうてき》発射砲のことが書かれていた。

能力を理解したせいなのか、ハイセにも読むことができるようになっていた。

「異世界の、武器」

ハイセの力で生み出された、『異世界』の武器。

そして、役目を終えたのか、ガラスのように砕け散り、チリも残らなかった。

「……生きている」

ハイセは、生きている。同時に——……ふつふつと、怒りが込み上げてきた。

「く、ははは……あはははは、あはははははっ‼」

笑いが止まらなかった。ハイセは、生きているのだ。

「残念だったな」

勘違いかもしれない。でも……今は、思わずにはいられない。

ハイセは、騙《だま》されたのだ。サーシャのくれた情報で、死にかけたのだ。

「許さない」

もう、信じない。仲間なんて、必要ない。
この日、ハイセは右目を失い、『能力』を真に理解することができた。
後に、驚異的な速度で実績を積み重ねていく、『闇の化身《ダークストーカー》』の誕生だった。

第二章 闇の化身と銀の戦乙女

ハイセが真に能力に覚醒《かくせい》した日から二年が経過……ハイセは十六歳になった。

その時の夢を見たハイセはベッドからガバッと飛び起きる。

「――…………っ」

ハイベルグ王国、王都リュゼン。

スラム街からほど近い場所にある古びた宿屋の一番隅の部屋。そこが、S級冒険者に昇格した『闇の化身《ダークストーカー》』ハイセの住まいだった。

粗末なベッドから降り、過去に討伐したSS+レートの災害級危険種である魔獣『ブラックエンシェント・ドラゴン』の表皮を加工して作った鎧《よろい》にもなるコートを着る。

一階に降りると、粗末なテーブルに朝食が用意してあった。

宿のオーナーである初老の男性がジロリとハイセを見るが、ハイセはそれを無視して朝食を食べる。

パン、スープ、サラダ、ベーコンエッグだけのシンプルな朝食なのだが、今日はカットしたオレンジが付いており、ハイセはほんの一瞬だけオーナーを見た。

「……フン」

鼻を小さく鳴らしただけだが、ハイセには伝わった。

この男性は──ハイセの、S級への昇格を祝っている。

もうずっと、ハイセはこの宿を使っている。

誰《だれ》も泊まらないような、ボロい宿屋。他人との接触を最低限にしたいハイセが選んだ宿で、オーナーも挨拶《あいさつ》すらしない。が、この距離感がハイセには心地よい。

オレンジを食べ、オーナーのいるカウンターに金貨を数枚置く。

「延長一か月、朝食付きで」

「……はいよ」

このやり取りをもう二年近くも続けているが、今日は違った。

「……あんた、S級になったんだろ。こんなとこじゃなくて、もっといいとこ泊まればいいんじゃないか？」

こんな長いセリフを聞いたのは初めてだった。ハイセは、無視してもよかったが答える。

「ここだからいいんだよ。粗末なベッド、軋《きし》む廊下、曇った窓ガラス、全体的に古すぎていつ崩れてもおかしくない建物……誰も、こんなところにS級冒険者がいるなんて思わないだろうしな」

「……そうかい」

ある意味、馬鹿《ばか》にしたような物言いだ。だが店主は気を悪くしたような素振りも見せず、新聞を広げる。

新聞の見出しには『銀の戦乙女《ブリュンヒルデ》、ついにS級冒険者に昇格。クラン加入希望殺到か』と書かれている。

新聞に描かれているのは、美しい十六歳の少女。

「…………」

ハイセは新聞から目を離し、宿を出た。

◆◆◆◆◆◆

ハイセが向かったのは、冒険者ギルドだ。

早朝のギルドは依頼掲示板の前に冒険者たちが集まるため人が殺到する。その喧騒《けんそう》が大嫌いなハイセは、冒険者たちが依頼を受け終わった後、残った依頼を受ける。

案の定、掲示板に残ったのは、最低ランクの仕事か、高難易度の仕事だった。

「……ミスリルオーガ討伐か」

達成難易度S級。討伐レートS＋。

依頼には達成難易度が設定されている。難易度によっては、等級の低い冒険者は受けることができない。

達成難易度Ｓ級は、依頼の中で最も難しい部類。受けられるのはＡ級以上の冒険者か、冒険者チームだけ。

討伐レートは、魔獣の強さを表している。

最低レートはＦから始まり、最高レートはＳＳＳ……仮に討伐レートＳＳＳの魔獣が現れたら、国家の存亡に関《かか》わるレベルだ。冒険者ギルドにある依頼で最上級はＳＳ＋まで。

ミスリルオーガはＳ＋……つまり、Ｓ以上、ＳＳ以下の魔獣だ。

「これを」

「はい。って……お、お一人ですか？　あの、これはチーム」「はい!!　Ｓ級冒険者ハイセ様、確認致しました。お気を付けて!!」

新人受付嬢を押しのけ、ベテラン受付嬢がハイセの依頼書を受理した。

ハイセは冒険者ギルドを出た。だが、ドア越しにデカい声が聞こえてくる。

「バカ!!　あれはＳ級冒険者ハイセさんよ⁉　ソロでＳＳ＋レートのブラックエンシェント・ドラゴンを討伐した、サーシャさんに匹敵《ひってき》する最強冒険者なんだから!!」

「えええ⁉　でで、でも、あの人まだ子供……」

「覚えておきなさい……ハイセさんは、仲間やチームを嫌ってるの。あの人を仲間に誘った冒険者は全員、血の海に沈んでるから」

「ええええええっ⁉」

「S級冒険者だけど、クランとかチームを作ることなんて、考えていないんでしょうね……」

「でもでも、たまに入ってくる高難易度の依頼を処理してくれるのはありがたいかもですね」

「まぁね……怖いけど」

「あの人、すっごい怪我《けが》してましたね。右目とか見えるんですかね？」

「……それ、絶対に本人に言っちゃダメだからね」

ハイセはそこまで聞き、さっさと冒険者ギルドを後にする。

ハイセが去って数分後、冒険者ギルドの扉が開いた。

キャーキャー騒いでいた新人受付嬢とベテラン受付嬢の会話がピタっと止まる。

入ってきたのは、サーシャたち『セイクリッド』の五人だった。

「全く……二日酔いとか、大馬鹿じゃないのか」

「あぁ～……悪かったって。ってかタイクーン、おめーも飲んでたじゃねぇか」

「あはは。ピアソラが解毒の魔法かけるの嫌がったせいで遅くなっちゃったんだよね。サーシャが今夜、お風呂《ふろ》で一緒に洗いっこするからって交換条件で治してもらったけどねぇ」

タイクーン、レイノルド、ロビン。

そして、その後ろにはサーシャと、サーシャの腕に抱きつくピアソラ。

「ふっふっふ。洗いっこ楽しみです～♪」

「……あ、ああ」

「それにしてもレイノルドのやつ、サーシャのＳ級冒険者初の依頼を受けに行くのに、二日酔いとか……もうクビ、クビです!!」

「まぁ待て。私も飲みすぎたしな、レイノルドだけの責任ではない」

「むぅ～……」

と、サーシャが受付へ。新人受付嬢がカチカチに緊張していた。

「すまない。依頼を見せてもらう」

「は、はいぃ!!　あ、でも……あんまり高難易度の依頼はないかもです」

「あれ？　昨日、難易度Ｓ級の依頼なかったっけ？」

ロビンが聞くと、新人受付令嬢が笑顔で言った。

「ああ、それならさっき、Ｓ級のハイセさんが受けました。すごいですよねー、ソロでＳ＋レートの魔獣を狩るとか!!　……あれ？」

ベテラン受付令嬢が青ざめていた。が……すでに遅い。サーシャが眼を細め、「そうか」とだけ呟《つぶや》いた。

「では、他に討伐依頼はないか？」

「えーと、ゴブリン退治、オークの群れ退治くらいですね。ダンジョン系の依頼は特にないです」

「では……ゴブリンとオークだな。二つまとめて受けよう」

「でもこれ、E級の難易度ですけど」

「かまわん。依頼があるということは、困っている人がいるということだ。では、これを」

依頼を受理し、サーシャたちは出て行った。すると、ベテラン受付嬢が新人受付嬢にタックルしてきた。

「あいだぁ⁉」

「おばか‼　いい？　サーシャさんとハイセさんは、犬猿の仲なのよ‼　昔、ギルド内で大喧嘩《げんか》して、今でも喧嘩してるって話なの‼」

「え、そ、そうなんですか？」

「だから、ハイセさんも、サーシャさんも、互いの話はなし‼　いい⁉」

「は、はい‼」

新人受付嬢は、首を千切れんばかりに縦に振った。


依頼を終え、ギルドマスターの部屋に呼ばれたハイセは、ソファに座り、出された紅茶を飲んでいた。

茶菓子はなく紅茶だけ。だが、ハイセはそれで十分だ。長居するつもりはない。

ハイセを呼んだギルドマスターは、「ふぅ」とため息を吐《つ》いた。

「ミスリルオーガを討伐したようだな」

「ええ、まあ」

「……討伐レートS+をソロで狩るか。全く、馬鹿というか」

「ガイストさん……そう言わないでくださいよ」

ギルドマスター、ガイスト。

S級冒険者『武の極《コンバット》』の二つ名を持つ、徒手格闘技最強の一人と呼ばれる冒険者。

本来、S級冒険者はクランを作るのが通例だ。だが、ガイストのようにクランを後継者に任せ、自分は冒険者ギルドのギルドマスターとなるS級冒険者も少なくない。というか、世界各国にある冒険者ギルドのギルドマスターは、全員がS級冒険者だ。

すると、ギルドマスター室のドアがノックされ、ベテラン受付嬢が入ってきた。

手には羊皮紙があり、ハイセに一礼して対面に座る。

「お待たせしました、ミスリルオーガの査定が終わりましたので、金額の内訳を」

「ああ」

「まず、心臓にある『核』ですが、著しく損傷していたため、本来なら金貨七百枚のところ二百枚に。内臓も同様に激しい損傷、血液はほぼ九割が損失。使える部分は両腕、両足、頭蓋骨部分のミスリル骨のみ。こちらが金貨四百枚となり、合計金貨六百枚となります」

「それでいい」

金貨六百枚。金貨一枚で、平民一人なら三十日は何もせず暮らせる。

ちなみに、ハイセはボロ宿に一か月の家賃としてはあり得ないくらいの金貨を払っている。

いちいちお釣りをもらうのも面倒という理由でもらっていないのだ。金にはかなり無頓着なハイセであった。

ガイストはため息を吐いた。

「ハイセ……もう少し、丁寧に倒せないのか？」

「俺《おれ》の『能力』では厳しいって、ガイストさんは知ってるでしょ。ガイストさんの格闘術だったら、核を傷つけずに心臓だけ破壊できるだろうけど」

「全く、お前は口が減らんな」

ガイストは苦笑。

ベテラン受付嬢は箱型の『魔道具』をハイセの前へ置く。

ハイセは冒険者の証である『冒険者カード』をかざすと、カードが一瞬だけ淡く輝いた。

お金は全《すべ》て『冒険者専用銀行』に預けられ、『冒険者カード』を通して入金できる。不正使用できないよう、カードからお金を引き出せるのは本人だけという機能もある。

「入金完了しました。確認しますか？」

「いい。じゃ、今日は帰るよ」

立ち上がるハイセ。だが、ガイストが止めた。

「待てハイセ。話しておくことがある」

「えー……？　俺、腹減ったんだけど」

「すぐ終わる」

ベテラン受付嬢が退室する。ガイストはソファに移動し、懐《ふところ》から一通の手紙を取り出した。

「……これは？」

「S級冒険者の認定式への招待状だ」

「……は？　認定式はやったじゃないですか」

「それはギルドでの話だ。ギルドでは簡易的な認定式とカードの更新だけ。この招待状は王家からだ」

「王家って……ハイベルグ王国の、王家？」

「他にどこがある？」

「いや、何で王家が……S級冒険者の認定式を？」

ガイストは招待状をハイセの前に置いた。

「昔、ハイベルグ王国の初代国王が冒険者という職業を制定し、自身が初のS級冒険者だったんだ。そこで、S級冒険者認定された者は、初代国王の祝福を受けるという形で、王家が認定式を行うことになっている」

「し、知らなかった……じゃあ、ガイストさんも？」

「ああ。ワシも、四十年ほど前に受けた」

ガイストは五十八歳。つまり、十八の時に受けたということだ。

「認定式を受けた後、王家がS級冒険者に依頼をする。その依頼を受けることで、本当にS級冒険者として認められたということになる」

「王家が依頼？」

「ああ。S級冒険者に対する初の依頼、というところだな」

「でも俺、ミスリルオーガの討伐……」

「まあ気にするな。定例行事みたいなものだ。それと、ちゃんと礼服を着て行けよ」

「……………ええと、礼服」

「……馴染みの服屋を紹介してやる」

「さすがガイストさん、気が利《き》くね」

「全く……」

と、ガイストは付け加えた。

「ああ、同時期に昇格したサーシャも、認定式に出るぞ」

そして——ハイセの表情が冷たくなる。ガイストは、重いため息を吐いた。

「……まだ、許せんのか？」

「ええ、許すことはないですね」

「……何度も言っただろう？　サーシャがお前を追放したのは、お前に死んで欲しくないという優しさからだと」

「優しければ、足手まといは必要ないとか、チームに相応《ふさわ》しくないとか、言ってもいいんですかね？」

「本心なわけないだろう……」

「そうだとしても、俺を追放したことに変わりありません。それに――それだけじゃない。あいつは俺を……」

「…………」

「まあ……俺は、強くなるために弱い者を切り捨てるアイツのやり方、嫌いじゃないですよ。あいつはそうやって、これからも『最強のチーム』を目指すんでしょうね」

「……ハイセ」

「ガイストさん。俺は変わらないですよ。S級冒険者になっても、仲間なんて必要ない。俺はこれからも一人で最強を目指す……仲間なんて、信じられないからな」

ハイセは立ち上がり、招待状を手に部屋を出た。ハイセが出た後、ガイストは大きなため息を吐いた。

「……全く、子供だな」

そう、子供だ。

だが……サーシャがハイセを追放し、あの『事件』が起き、二人の仲は決定的に砕け散った。

同じ村出身の幼馴染《おさななじみ》。十一歳で二人一緒に王都へ来て冒険者登録前の下積みを経験し、十二歳で冒険者登録をして『能力』に覚醒。ガイストが戦い方を教え、十三歳で冒険者として本格的にデビューした。

この日のことは、ガイストは鮮明に思い出せる。

「………はあ」

ガイストは、もう何度目かわからないため息を吐いた。すると、ドアがノックされる。

「失礼します。ガイストさん、私に用事があると――」

入ってきたのは、サーシャだった。

銀に輝くロングヘア。翼をあしらった髪飾り、SSレートの災害級危険種、『シルバーレイ・ドラゴン』を討伐した素材で作った軽銀鎧を装備し、背にはドラゴンの牙《きば》で鍛えた『銀聖剣シルバーレイ』が差してある。

十六歳にしては大人びた雰囲気、そしてスタイルを持つ美少女だ。ガイストにとって孫娘のような子がS級冒険者に昇格したと聞いた時は、年甲斐もなく涙腺が緩んだことはナイショである。

「ああ。実は、S級冒険者の認定式のことで――」

ガイストは、ハイセにした話と全く同じことを、サーシャに伝えた。

◇◇◇◇◇◇

ガイストから認定式のことを聞いたサーシャは、レイノルドたちにも報告した。

「認定式ぃ？」

「ああ。S級冒険者の認定式が王城で開催される。もちろん、チームメイトであるお前たちも招待されているぞ」

「ほんと⁉　ね、ね、パーティーある？　おいしい料理とか‼」

「ロビン、意地汚いぞ」

興奮するロビンに、タイクーンが眼鏡《めがね》をクイッと上げながら言う。

ロビンはムスッとするが、タイクーンは無視。

「ねぇねぇサーシャ、サーシャはドレス着るの？」

「ああ。正装らしいからな。まぁ、似合うとは思っていないが」

「馬鹿なこと言わないで‼　サーシャがドレス似合わないとか、レイノルドが素っ裸で町を練り歩くことよりおかしなことよ‼」

「おいピアソラ……どういう例えだっつーの」

レイノルドが抗議するが、ピアソラは完全無視。サーシャの腕に抱きつきながら、顔を近づけて言う。

「サーシャ、これからドレス買いに行きましょ!!」

「こ、これからか？　だがもう夕方になるぞ」

「私の行きつけなら大丈夫!!　ついでに私と、ロビンの分も!!　男どもはいらないわね」

「「おい」」

「さ、行きましょ!!」

「あ、ああ」

ピアソラに引っ張られ、サーシャたちは洋装店へ向かうのだった。

だが、サーシャの頭には……一つのことがあった。

『ああ、ハイセも一緒だ。その……喧嘩するなよ』

ガイストが、どこか申し訳なさそうに言った言葉が、サーシャの頭にはあった。

第三章　月夜の贖罪

数日後。S級冒険者認定式の当日。

「サーシャぁ……すっっっごく綺麗《きれい》ですわ!!」

「あ、ありがとう……ピアソラ」

ピアソラ行きつけの洋装店にて、ドレスに着替え、化粧を施したサーシャ。

まるで、美しさだけを追求した着せ替え人形のような、あまりにも眩《まばゆ》い輝きのドレス。

サーシャの髪に合わせた、ライトシルバーのドレス。肩が剝《む》き出しで薄手のヴェールを羽織り、露出をしすぎず、だが色香を感じさせる装いだ。

アクセサリーはネックレス、耳飾り、髪飾り。どれもあえてシンプルな物にした。

胸元《むなもと》がやや強調されているのは、ピアソラの指示……当然、サーシャには内緒だ。

サーシャは胸元が気になるのか、手で押さえている。十六歳にしては大きな胸が、身体のラインを強調するドレスでは目立っていた。

「あぁ……なんて美しさ」

「ぴ、ピアソラ……その、このドレス、胸を見せすぎではないか?」

「そんなことないです!!　これは、このドレスは、これで決まりなんですぅ!!」

「あ、ああ……わ、わかった」

　あまりの気迫にサーシャは押されてしまう。そして、無難な礼服に着替えたレイノルドとタイクーン、そしてピアソラが選んだシンプルなドレスを着たロビンが入ってきた。

「おお!!　サーシャ、すっごい!!」

「おぉ……」

「……少し、派手すぎないか？　認定式は厳かな式だ。あまり露出が多いのは」『黙ってろクソ眼鏡《めがね》!!』『……く、クソ眼鏡？』

　ピアソラが殺さんばかりに睨《にら》むので、さすがのタイクーンも目を逸《そ》らしてしまう。

　ロビンははしゃいでいたが、レイノルドは見惚《みほ》れていた。

「レイノルド？　どうした？」

「あ、いやぁ……似合ってるぜ、サーシャ」

「そうか？　ふふ、ありがとう」

「お、おう」

　サーシャはにっこり笑う。レイノルドも笑い、不思議と甘い空気になった。

　すると、ピアソラが咳払《せきばら》い。

「ごほんごほん!!　サーシャ、外で馬車が待ってるわ。ささ、王城に行きましょ!!」

「ああ、そうだな」

ジロッとレイノルドを睨むピアソラ。サーシャたちは、王城に向かう馬車に乗り込んだ。


王城に到着し、レイノルドが馬車から降り、サーシャをエスコートする。

自然な動きに、サーシャも応《こた》える。美男美女の、恋人同士のようにも見える美しい所作だった。


馬車を降り、認定式の会場となる、王城の大ホールへ。

「S級冒険者『銀の戦乙女《ブリュンヒルデ》』サーシャ様、ご到着です」

銀の戦乙女。それが、サーシャに与えられたS級冒険者としての二つ名だ。

大ホールに入り、一礼する。すると、拍手が巻き起こる。

サーシャは気付いた。拍手するのは貴族たちで、中にはギルドマスターのガイストもいた。

そして、レイノルドたちは停止。サーシャのみ騎士に案内され前の方へ。

「S級冒険者、『闇の化身《ダークストーカー》』ハイセ様、ご到着です」

「──っ」

拍手喝采。そして、ハイセの名前にサーシャが息を呑《の》む。だが、振り返るわけにもいかない。

騎士に案内され、ハイセはサーシャの隣へ。そして、大ホールの上層に三人の人影が立つ。

「国王陛下に敬礼!!」

宰相が言うと、この場にいる全員が敬礼した。

ハイベルグ王国、国王バルバロス。

元S級冒険者であり、『覇王』の二つ名を持つ伝説の冒険者だ。

「S級冒険者サーシャ」

「はっ」

「同じく、S級冒険者ハイセ」

「はっ」

「そなたたちに、初代国王ゼアの祝福があらんことを」

「「ありがたき幸せ」」

二人は声を揃《そろ》えて言った。バルバロスが左右に立つ二人に目配せする。

最初に、十代後半ほどの青年がサーシャの前に立ち、羊皮紙を広げる。

「S級冒険者サーシャ、ハイベルグ王家から依頼を出す」

「はっ」

「内容は、ハイベルグ王国南部にある『クリスタル鉱山』に現れた、クリスタルゴーレムの討伐である。これに、第一王子クレスを同行させ、討伐に当たれ」

サーシャは顔を上げた。サーシャの前に立っていたのは、明るい金髪の美青年。

ハイベルグ王国第一王子、クレス・ゼア・ハイベルグだった。

「謹んで、お受け致します」

もちろん、そう答えるしかなかった。そして、ハイセの前に立つ十代半ばの少女が言う。

「S級冒険者ハイセ、ハイベルグ王家から依頼を出す」

「はっ」

「内容は、ハイベルグ王国から東、森国ユグドラ領地内にある霊峰ガガジアから、霊薬エリクシールの材料となる万年光月草を採取すること。これに、第一王女ミュアネを同行させ、採取せよ」

ハイセが顔を上げた。

そこに立っていたのは、明るいショートウェーブヘアの少女。ミュアネ・ゼア・ハイベルグだった。

「依頼はお受けいたします。ですが、王女殿下の同行は受諾できません」

「え」

ミュアネが信じられないような声を出し、サーシャも思わずハイセを見た。

サーシャだけではない。国王も、貴族たちも、全員が驚愕《きょうがく》したようにハイセを見る。

「な、何故《なぜ》です？」

「霊峰ガガジアには危険な魔獣が多く出現します。魔獣自体は問題ありませんが……王女殿下ます」

を守りながらとなると、依頼達成率は八割ほどになるでしょう。つまり……命の危険がございます」

「ち、チームは？　あなたのチームメイトは」

「いません」

「え」

「私に、仲間はいません」

「……え、ええと」

「国王陛下。王女殿下を同行させることは不可能です。よろしいでしょうか」

「はっはっはっは!!　いやぁ……新たなS級冒険者の誕生を、王族が見届けるという意味合いでの同行なのだがな。まさか『不可能』と、ここまではっきり言うとは。これは前代未聞。だが……S級冒険者ハイセ。お前の活躍は聞いている。討伐依頼を、しかも達成難易度S級の依頼ばかり受けて、全《すべ》て達成しているようだな。ふむ……いいだろう。お前なら単身でも依頼達成は可能だろう。特例として許可する」

「なっ⁉　お、お父様!!　そんなの、許されるわけが……」

「ミュアネ。下がりなさい」

「……っ」

ミュアネは、ハイセをジロッと睨んで下がった。

「さて。堅苦しい式はこれにて終了。楽しい晩餐《ばんさん》の時間だ」

国王がそう言うと、扉が開き、テーブルや料理が次々と運び込まれた。

そして、グラスが配られ、国王の挨拶《あいさつ》で立食パーティーが始まったのであった。

◇◇◇◇◇◇

「はっはっは!!　ガイストよ、なかなか面白《おもしろ》い小僧じゃないか」

「はぁ……嫌な予感はしていた。まさかこの場で、あんな態度を取るとは」

「……前代未聞、というやつですなぁ」

国王バルバロスと、ギルドマスターのガイスト、そしてハイベルグ王国宰相のボネットは、一つのテーブルに集まってワインを楽しんでいた。

ちなみにこの三人、同じチームに所属していた親友でもあった。さらに、ガイストとボネットは、バルバロスが冒険者だった頃に指導も担当していた。つまりバルバロスにとって二人は恩師も同然。今、この場においては国王と臣下とギルドマスターという肩書は置き、親友同士の口調になっていた。

ガイストは事前に、『もしかしたら、ハイセが変なこと言うかも』とバルバロスに伝えていた。おかげで、バルバロスはこうして笑っている。

ボネットは、ワインを飲みつつ言う。

「陛下。王女殿下には悪いことをしましたな」

「気にするな。あのお転婆、さっそくサーシャの元へ行きよった。S級冒険者への同行を諦《あきら》めておらんようだぞ」

バルバロスの視線の先には、サーシャに挨拶するミュアネがいた。

「ごきげんよう、サーシャ様。わたくし、ミュアネと申します」

「王女殿下。お初にお目にかかります」

「ふふ、歳《とし》も近いですし、堅苦しい挨拶は抜きにしましょ。ね、サーシャって呼んでいい？」

「え？　あ……はい」

「やったぁ。ふふ、お友達ね‼」

どうやら、これがミュアネの『素』のようだ。すると、ミュアネの背後からクレスが現れる。

「こーらミュアネ。どうせ、依頼に同行できないか聞きに来たんだろう？」

「お、お兄様。何を言ってるのかしら？」

「お前の考えなんてわかるっての。あ、すまないな、サーシャ嬢、オレ……じゃなくて、私はクレスだ」

「初めまして。サーシャと申します。殿下、普段の喋《しゃべ》り方で問題ないですよ」

「あ、そう？　じゃあ遠慮なく……サーシャ、一時的だけどお前のチームで世話になる。よろしくな」

「は、はい」

「あ、お兄様ずるい!!　サーシャ、アタシ……じゃなくて、私も同行したいです」

「え、ええと……たぶん、大丈夫かと」

「やったあ!!」

「お、おい。おいサーシャ、いいのか？　ミュアネの我儘《わがまま》に付き合う必要なんてないぞ」

「王女命令ですので。それに、うちのチームなら大丈夫でしょう」

「……仕方ないな。一応、オレから父上に報告しておくよ。オレだけ同行して、ミュアネだけ留守番なんて可哀想《かわいそう》だしな」

「やったぁ!!　ありがとうございます、お兄様!!」

ミュアネはクレスの腕に抱きついて甘え始めた。

サーシャは、遠くにいたレイノルドたちを呼び、二人を紹介する。

「で、殿下に、王女殿下……えっと、オレ……じゃなくて、私は」

「クレスで構わない。冒険者だし、冒険者の流儀で話そう」

「あ、アタシもっ、アタシはミュアネで!!」

「……そう言われちゃあな。オレはレイノルドだ」

「あたし、ロビン。よろしくねっ!!」

「タイクーンです。これからよろしくお願いします」

「ピアソラですわ。どうぞよろしく」

クレス、ミュアネはすぐに打ち解けた。

七人で話をしていると——ふと、バルコニーに一人の少年がいることに、サーシャは気付くのだった。

「………あ」

ハイセだ。黒を基調とした礼服、そして……失った右目と傷痕を隠す大きな眼帯。

誰《だれ》にも会わないように、会場のテラスに一人で立っていた。

声をかけようか、サーシャは一瞬だけ胸が高鳴る。これは甘い高鳴りではない、緊張から来る高鳴りだ。

だが——ハイセに近づく者が、一人。

それは、たった今サーシャと話をしていた、第一王女ミュアネだった。

「ちょっと、あなた」

「………何か」

「さっきの、どーいうつもり⁉」

「さっきの、とは」

いつの間にか、チーム全員が、ハイセとミュアネのやり取りに注目していた。

◆◆◆◆◆◆

さっさと終わるか、帰ってもいい雰囲気にならないかな。

そう思って一人で隠れるようにテラスにいたハイセは、先ほど同行を断った第一王女ミュアネに詰め寄られていた。王女ということもあり、ハイセは仕方なく相手をする。

「どう、とは」

「同行の件です。アタシ……じゃなくて、私が同行することに不満があるのかしら?」

「そういうわけではありません。俺《おれ》は、一人で行きたいんです」

「矛盾!!　それ矛盾です!!」

ビシッと指を突きつけるミュアネ。めんどくさい……そう思いつつ、ハイセは言う。

「先ほども言いましたが、霊峰ガガジアは危険な場所です。仲間やチームのいない俺には、あなたを守りつつ進む自信がない」

「ご安心を。私の『能力』なら守ってもらう必要ございませんので。というか、もうあなたと一緒に行くことはありえませんので。私、サーシャのチームと共に行くので」

「そうですか」

「ええ」

「…………」

「…………」

「あの、まだ何か？」

「じゃなくて!!　あなた、本当にそれだけが理由で断ったの!?　いい？　S級冒険者が陛下からの依頼を受けて、王族と共に依頼をこなすのは昔からのしきたりで」

「それなら、もう一人のS級冒険者がいるでしょう」

「それはそうだけど……」

　ムスッとするミュアネ。子供っぽい。そう思い、ハイセは頭を下げた。

「その代わり。『万年光月草』は必ず採取してきます」

「…………ええ」

「では、失礼します」

　ハイセは、この流れで会場を出ようか悩んだが、意外な人物に声をかけられた。

「ハイ――……待て『闇の化身』」

「……何か、『銀の戦乙女』殿」

　サーシャと、その仲間たち。今は、クレスも加わり、ミュアネがひょこっとクレスの腕を取っていた。

　結局テラスから出られない。退路を塞《ふさ》がれたような形になってしまった。

サーシャは何かを言おうとするが、言い淀む。

「その……」

サーシャは言い淀む。何を言うのかハイセは待つ。だが、声を出したのはピアソラだった。

「まだソロでやっているんですか？　あなた、そんなんじゃいつか死にますわよ？」

「そういうお前こそ、まだいたんだな」

「……はぁ？」

「弱者を切り捨てるのがお前たちのやり方だろ。ピアソラ……お前みたいな弱者が、まだチームにいたなんてな」

「——あァ？」

ピアソラの顔が歪《ゆが》み、額に青筋が浮かぶ。

ミュアネが「ひっ」と声を出してしまうほど、怒りに歪んだ表情だった。

すると、タイクーンが眼鏡をクイッと上げる。

「相変わらず、きみは浅はかだな。物事の上辺しか見ていない。今となっては、きみをチームから追放したのは正解だったと思えるよ」

「それはどうも。おかげで俺も学べたよタイクーン。本だけじゃ得られない知識ってのをな」

「………………」

「お前とは趣味が合ったからな。懐かしいよ、好きな本のジャンルで語り合ったのが、昨日のことのようだ」

「…………ふん」

そして、ロビン。

「ねえハイセ‼　また一緒にやろうよ‼」

「おま、馬鹿《ばか》‼」

レイノルドに止められるが、ロビンは止まらない。

「昔みたいに、一緒にやろうよ‼　ハイセ、すっごい能力を身に付けたんでしょ？　サーシャとハイセ、二人一緒なら、『禁忌六迷宮』だってクリアできるよ‼」

「無理だ」

「ハイセ……」

「俺は、死にたくないからな」

サーシャが息を呑《の》んだ。そして、ハイセは右の眼帯にそっと触れる。

「例えば、回復薬の原材料の群生地を教えてもらって、意気揚々と出向いたら——危険地帯じゃないはずの場所に、たまたまドラゴンがいたとか、な」

「…………」

サーシャの顔が青くなり、震える。

「ずいぶんと前からドラゴンが住み着いていた場所だったそうだな。ギルドは近づかないように徹底していたようだけど……チームの汚点をこっそり消すために、親切な誰かが教えてくれた場所へ向かった『無能』が、まさか土壇場で『能力』に覚醒《かくせい》して、ドラゴンを八つ裂きにして戻ってくるとは」「もういい、やめろ」

レイノルドが、サーシャを庇《かば》うように前に出た。サーシャの肩を抱き、守るように。

「レイノルド。相変わらず立派な『盾士《ガードナー》』だな。不都合なことからも、主人をしっかり守ってる」

「もう黙れ。何度も言うが、お前を追放したのは、お前が弱かったからだ。なんの能力も持たないお前じゃ、オレたちに付いてこれないから追放したんだよ。その優しさを理解できないお前なんて、もうこのチームは必要としていない」

「あっそ」

そもそも――ハイセだってお断りだ。

罪悪感で震えて涙を流そうと、恨まれようと、懇願されようと。もう、決めたのだ。

「俺は、もう仲間なんて信じないし、必要ない。たとえ死ぬことになっても、俺はその時まで生きる」

「……ハイセ」

サーシャは、ハイセを見た。

子供のころから一緒だった幼馴染《おさななじみ》。笑う顔が印象的だったが、もうその名残《なごり》はない。

だが――ハイセは、笑った。

「サーシャ」

「っ!!」

「S級冒険者昇格、おめでとう。ぼくも、サーシャと同じS級冒険者になったよ」

「……ぁ」

「これからも、『夢』に向かって頑張ろう。ぼくも、頑張るからさ」

「……ハイ、セ」

そして、笑顔が消えた。

「お前は、お前の夢を目指せ。もう――俺の場所、ないもんな」

「……ッ」

ハイセは笑い、背を向けた。テラスから出ずに背を向け、サーシャたちを拒絶した。

もう、話すことはない……その背中は、語っていた。


「……はぁ」

サーシャたちがいなくなった後、ハイセは一人、テラスで空を見上げていた。

思った以上に、興奮してしまった。そして、過去を思い出してしまう。

自分が――サーシャたちの『セイクリッド』から、追放された日。

そして、決定的な『事件』が起きた日を。

「……喉《のど》、乾いたな」

「ほら」

「――!!」

いつの間にか、背後にガイストがいた。手にはグラスを持ち、ハイセに差し出してくる。

ハイセはグラスを取り、一口飲んだ。

「懐かしいな。あの日も……こんな夜だった」

「…………」

「お前が能力に覚醒し、右目を失った日……」

星は、眩く輝いていた。ハイセとガイストは並んで空を見上げ、ガイストは言った。

「何度も言ったが……サーシャたちは、知らなかったんだ。砂漠の国から帰ったばかりで、あの沼を『ブラックエンシェント・ドラゴン』が水浴び場にしていることを、知らなかったんだよ」

「そうですか」

「……許せないのか？」

「ええ。あの後、謝罪もないし、俺に関《かか》わろうとする気がないみたいでした。俺が恐かったのかもしれませんね」

「かもな。合わせる顔がないのと、忙しかったのもあるだろうな」

「俺はもう、強くなりました。仲間なんて必要ないくらい、強く」

「……それは、孤独だぞ」

「心地いいですよ」

ハイセは笑う。

ブラックエンシェント・ドラゴンを討伐した後のハイセは、驚異的な強さだった。

高難易度のダンジョンをいくつも攻略し、『武器《ウエポン》』という得体の知れない武器を使い、あらゆる危険な魔獣を討伐してきた。

『イセカイ』というところの武器らしいが、ガイストには理解できない。ただ、鉄の塊や爆発《ばくはつ》する何かが高速で発射されているのはわかった。

「まあ、もう関わることもないでしょう。あっちはクラン創設で忙しくなるだろうし」

「お前は？」

「俺は、依頼をこなしつつ自分を鍛えます。あの古文書……まだ、全部は解読できてないんで」

「そうか……」

「俺、今日は帰ります。じゃ……」

ハイセは一礼し、テラスを出た。

パーティー会場は、まだまだ賑《にぎ》わいを見せていた……が、ハイセは戻らず、そのまま城を出た。

首元のボタンを外して緩め、空を見上げながら歩き、右目をさする。

「……確かに、あの日の夜にそっくりだな」

ブラックエンシェント・ドラゴンを討伐し、ハイセはドラゴンを引きずって王都に帰還……したらしい。正直、よく覚えてはいなかった。

「能力に覚醒して、身体能力が上がったのはいいけど……よくもまぁ、あんなデカいドラゴンを一人で担《かつ》いで、不眠不休で数日歩いて王都に帰還したもんだ」

そして、自分をハメたサーシャを責め、気付けば十日経過していた。どうも気絶していたらしく、サーシャたちはすでに王都にいなかった。謝罪もなく、弁明もない。

その後……ハイセは、恐るべき早さで強くなった。『異世界』の武器、『銃』や『爆薬』などを使い、あらゆる魔獣を倒した。

SS＋レートを二体倒したあたりでA級に昇格。その頃にはハイセを貶《おとし》める噂《うわさ》は消え、ハイセを褒め称えたり、仲間になりたいという申し出が増えた。

だが、ハイセは全て一蹴した。仲間なんて、信じられるわけがなかったのである。

サーシャたちとも、何度か顔を合わせた。が……謝罪はなかった。ただ、目を逸《そ》らされた。

これからも、きっとそうだろう。

サーシャは、仲間を増やし、『四大クラン』に匹敵《ひってき》するクランを立ち上げる。

そして、仲間と共に、この世界に存在する『攻略不可能』のダンジョン、『禁忌六迷宮』に挑むだろう。

噂では、レイノルドといい感じらしい。十年もすれば冒険者を引退し、結婚して子供を作るかもしれない……ハイセには、関係のない話だが。

「待て、ハイセ」

「……ん?」

王城の正門へ続く道の途中に誰かがいた……それは、月光でキラキラと輝く、綺麗《きれい》な髪をした少女だった。

サーシャ。幼馴染にして、共にS級冒険者となった、今はもう無関係の人間だ。

「何か」

「もう一度……二人きりで、話をしたかった」

ハイセは警戒する。周囲の気配を探り、タイクーンの魔法、ロビンの狙撃に備える。

サーシャの周りにレイノルドが隠れているかもしれない。ハイセの『能力』を知る者はガイストだけだが、噂にはなっているだろう。

投擲弾発射砲《グレネードランチャー》の一撃を、レイノルドが防げるか計算。他の武器を使うことを考慮し、策を練っていると。

「ここには、私しかいない」

「その言葉を信じろと？」

「……信じられないだろうな」

「ああ」

即答した。当然、警戒は解かない。すると、サーシャは両手を広げた。

「私は、話がしたいだけだ。どうか……信じてほしい」

「信じられるか。俺を殺そうとしたくせに。俺みたいなのがチームにいたことを周りから言われるのが嫌で、あの沼に俺を向かわせたんだろう？　ブラックエンシェント・ドラゴンに、俺を殺させようとしてな」

「違う。私は……私たちは、本当に知らなかったんだ」

「……で、用件は」

「謝罪、したい」

「……く、ははは、はははっ、今さらかよ？　まさか、俺が周りにチクるとでも思ってんのか？　S級冒険者サーシャは、かつて同じチームにいたS級冒険者ハイセを殺そうと、ブラックエンシェント・ドラゴンの水浴び場に向かわせたとか？　怖いよなぁ？　昔の俺ならともかく、今のS級冒険者である俺が言えば、周りは信用するだろうよ。そうなればお前の評判は多

少落ちるかもな」

「かまわない。お前には、それを言う資格がある……」

「……ふざけるな」

「え……」

「言う資格が、ある……だと？　今さらになって、言う資格があるだと⁉　ふざけんじゃねぇ‼　どうして今更謝罪する気になった⁉　どうして、俺が襲われた日に言わなかった⁉　俺が気絶してたからか⁉　枕《まくら》もとで涙ながらに謝罪でもしたのか⁉　してないよなぁ？　ガイストさんは言ってたぞ、俺が襲われて気を失った次の日には、お前らは依頼で旅立った、って‼　最初から謝罪なんかする気ないだろうが‼」

「……っ」

「形ばかりの謝罪なんていらない。お前の言葉なんか、俺には届かない」

「ハイセ……」

ハイセは、そのままサーシャの脇《わき》を通り抜けようとした。が……サーシャが袖《そで》を摑《つか》む。

「すまなかった……ずっと、怖かったんだ」

「…………」

「お前を追放することが、お前のためになると思った。私とお前の夢を私が叶《かな》えれば、お前はきっと理解してくれると思ったんだ……」

「意味がない」

「え……？」

「俺とお前の夢なのに、お前だけで叶えて何になる？　それは……お前の夢なんだよ。俺を言い訳に使うんじゃねぇ」

「…………」

「今の俺の夢は、俺一人で最強になることだ。お前みたいに、弱者を切り捨てたりしない……切り捨てるくらいなら、最初からいない方がいい」

「……っ」

サーシャの眼から、涙が零《こぼ》れた。ハイセは止まらなかった。

「どんな理由があろうと、サーシャ……お前は、俺を捨てたんだ。俺との夢を捨てたんだ。忘れるな……お前が最高のチームを目指すのは、お前の意思だ。そこに俺はいない。俺の席は……ないんだよ」

「……うっ」

「S級冒険者、昇格おめでとう。じゃあな」

「ぁ……」

ハイセの袖から、手が離れた。

だが、サーシャは再び袖を掴む。離せばもう掴めない。そんな気がしたから。

「なんだよ。はっ……まさか、夜の相手でもしてくれんのか？　S級冒険者『銀の戦乙女』様がよ」

「……お前が、望むなら」

「……これ以上、失望させんな。今のお前……本当に、カッコ悪いぞ」

サーシャの手を振りほどき、ハイセは闇《やみ》に消えた。


宿に戻ったハイセは、礼服を脱いでベッドに転がった。

ギシギシと嫌な音が響くが、客は相変わらず自分だけなので問題ない。

「……カッコ悪い、か。はは、俺もじゃん……俺も、ただのガキだ」

もう、戻れない。ただの幼馴染ではない。互いに、S級冒険者なのだ。

ハイセは眼帯を外し、そっと皮膚に触れる。

「……万年光月草、明日行くか」

霊峰ガガジアは、王都から東にある森の国が入り口だ。

東の国までの行き方を頭の中で確認し、ハイセは眠りについた。

第四章 ▾ 無口なエルフと万年光月草

万年光月草。

貴重な霊薬エリクシールの素材の一つであり、霊峰ガガジアの山頂にのみ生える薬草だ。

ハイベルグ王家から依頼されたハイセは、ボロい宿屋の部屋で準備をしていた。

寝泊まりしている部屋の隣の部屋。ここには、ハイセの旅用荷物が置いてある。

最初は一部屋しか借りていなかったが、依頼で遠出したりするうちに、野営道具などが増えてしまったのだ。なので、もう一部屋借りて道具置き場として利用している。

「寝袋、テント、古文書、着替え、調理道具に食器、調味料……食料は、町で買うか」

遠出は久しぶりだ。しかも、東の国は初めてのところ。

森国ユグドラがある地域で、霊峰ガガジアはユグドラの王家が管理している。だが、ハイベルグ王国からもらった書状があれば、入国も調査も可能だ。

ハイセは、荷物を全《すべ》て『アイテムボックス』という指輪に入れる。

「……便利なもんだな」

魔道具。魔法が込められた道具で、安いのは銅貨数枚で買える物もあれば、ハイセのアイテムボックスのように金貨数千枚で買える物もある。

ハイセのアイテムボックスは最高級品。入れた物の時間を止める性質があるので、仮に沸騰した湯を入れて、一年後に取り出したとしても沸騰したままだ。

サーシャのチームにいた時は、高価なアイテムボックスを買うだけの金はなかった。

仮に買えたとしても……買った瞬間、『荷物持ち』というハイセの仕事は消えていただろう。

「よし、準備完了。買い物して、ギルドに顔出してから出発するか」

ハイセは部屋を出て、受付カウンターで新聞を読む初老男性に言う。

「しばらく留守にするけど、部屋はそのままで。とりあえず一か月分追加で」

ハイセは二部屋分の金貨を支払う。男性はハイセをジロッと見て、金貨を手にし小さく頷《うなず》いた。

「…………はいよ」

小さな声だが、ハイセにはよく聞こえる声だった。

ハイセは何も言わず、そのまま宿を出た。


「……その串焼き、百本くれ」

「はいよっ‼　……って百⁉　す、すぐ焼くから待っててくれ‼」

ハイセは、城下町の飲食店が多く並ぶ通りで買い物をしていた。

目当ては主に食料だ。水を樽《たる》で買い、焼きたての串焼きができるとすぐにアイテムボックスへ。店主も『時間停止型』のアイテムボックスの存在は知っており、それを使うハイセがS級冒険者であり、金持ちだと知ったので気合を入れて焼いた。百本頼んだが、焼いたのは百十本。

「十本おまけだ。これからもご贔屓《ひいき》にっ‼」

「どうも。お釣りはいいよ」

金貨を一枚置くと、店主はペコペコ頭を下げた。

この露店の串焼きは一本、鉄貨八枚だ。鉄貨が十枚で銅貨一枚、銅貨が十枚で大銅貨一枚、大銅貨十枚で銀貨一枚、銀貨十枚で金貨一枚の価値がある。本来ならお釣りが出るのだが、面倒なのではハイセは拒否……能力に目覚め、難易度の高い魔獣を狩るようになってから、金には不自由していない。

かつては銅の剣を使い続け、ようやく鉄の剣を買えるかもと喜んでいたが……一人になり、等級の高い魔獣を狩るようになってから、金に関心がなくなった。

「あとは、パンと……果物と、野菜も買うか」

串焼きを食べながら適当に買い物し、アイテムボックスに入れていく。

買い物を終え、冒険者ギルドへ向かった。受付に行くと、新人受付嬢が緊張しながら言う。

「えとえと、ギルドマスターはサーシャさんとお話し中でして」

「そうなのか。じゃあ、少し待ってるよ」

「はは、はい!!」

暇なので、ハイセは依頼掲示板を見ていた。

「お、Bレート討伐依頼。クリムゾンコング……あらら、西方か。反対方向だな……」

討伐依頼を眺めていると、ハイセの隣でいい香りがした。チラリと顔を向けると、そこにいたのは。

「──何?」

「いや、別に」

「そ」

華奢《きゃしゃ》な少女だった。綺麗《きれい》なエメラルドグリーンのショートヘア。

薄手のワンピースに胸当て。スカート部分は短く、綺麗な生足がスラリと伸びていた。

何より、目立つのは耳。少女の耳は長い……エルフだ。

ゴテゴテした弓を背負い、腰には矢筒がある。

ジロジロ見ていたわけではないが、少女は言った。

「エルフが珍しいかしら」

「まあな。エルフって、東方にある森国ユグドラの固有種族だろ？　中央のハイベルグ王国では、ほとんど見かけない」

「そうね。私も、今日初めて来たから」

「今日？」

「ええ。西方を旅して、中央のここに来たの。一応、冒険者よ」

胸当ての内側から、冒険者カードを取り出す。そこには『B』と表記されていた。

「B級か。仲間は？」

「いない。私、一人で十分だから」

「…………」

冒険者は、チームを組むのが当たり前だ。

一人でできることは限られている。だからこそチームを組む。なんとなく、ハイセは自分と似ていると思った。

「あなたは？」

「俺《おれ》も一人」

「そ。ね、私は見せたけど」

「……ああ」

冒険者カードは、身分証明書のようなもの。相手が見せたら自分も見せるのがマナーだ。

ハイセはアイテムボックスからカードを出し、見せた。

「――S級冒険者」

少女は少しだけ驚いたが、すぐに表情が消えた。

「珍しいのね。パーティーメンバーいないS級冒険者なんて」

「前からよく言われてた。最近じゃもう誰《だれ》も言わないけどな」

「そ」

しばし無言。三十秒ほど経過し、少女は言う。

「これから依頼？」

「ああ。王家の依頼でな、東方……あー、これ以上言っちゃまずいな」

「東方？　あなた、東方に行くの？」

「ああ。これ以上はナシだ」

「ええ」

不思議と、話しやすい相手だった。だがそれだけ。

「ハイセさーんっ!!　ギルドマスター、空きましたよーっ!!」

「おバカ!!　ギルマスをモノみたいに言うんじゃありません!!」

「あいだぁっ⁉」

新人受付嬢がペシッと頭を叩《たた》かれた。ハイセは軽く手を上げ、その場を離れた。

「…………東方」

少女は、ハイセの背中を見ながらポツリと呟《つぶや》いた。

ギルドマスターの部屋はギルドの三階にある。ハイセは階段を上り、部屋の前まで行くと……ちょうど、サーシャたちが出てくるところだった。

サーシャと目が合う。サーシャの眼はもう、揺れていなかった。

「待たせたようだな」

「構わない。そっちも、王家の依頼関係か」

「そうよ‼　ふふーん、アタシを連れて行きたくなったとしても、もう遅いんだからねっ‼」

第一王女ミュアネが胸を張る……平べったい平原がそこにはあった。

ハイセは無視。すると、兄のクレスが前に出た。

「妹がすまないね。改めて、オレはクレスだ。よろしくな」

「はい、殿下」

「殿下じゃなくて、クレスでいい。王族といえど、今は冒険者に過ぎないからね」

「……わかりました」

「ちょっと、そろそろ行きましょ‼　ね、サーシャ‼」

「そうだな」

ピアソラがサーシャに抱きつき、甘えるような声を出す。サーシャは、ハイセに言った。

「ではハイセ。私たちはここで失礼する」

「ああ」

「お前は東方だったな？　気を付けろよ」

パーティーの時とは別人のような凛々《りり》しさだ。どこか、吹っ切れたような感じがした。

不思議と、ハイセは今のサーシャは悪くない、そう思った。

ウジウジしたサーシャなんて見たくない。だからこそ、謝るに謝れず、ハイセに対し縋《すが》るような眼をしたサーシャが受け入れられず、突き放すような言い方をしてしまったのかもしれない。

弱さに付けこまれ、身体を赦《ゆる》して謝罪するような真似《まね》をするサーシャなんて、気味が悪い。

「……どうした？　私の顔をジロジロ見て」

「え、あ……いや、なんでもない」

「？」

「じゃあ、お前たちも気を付けろよ」

ハイセは、ドアをノックせずにギルマス部屋に入った。

「ノックくらいしろ。全く……」

「すみません。ガイストさん」

「……行くのか？」

「はい。さっさと東方の森国ユグドラに行って、霊峰ガガジアの山頂に生える『万年光月草』を採取してきます」

「……霊峰ガガジアのアベレージはB～SSだ。山頂にはSS＋レートのドラゴン系魔獣『グリーンエレファント・ドラゴン』が住むと言われている。ユグドラ王国の冒険者はもちろん、四大クランの一つ『神聖大樹《ユーグドラシル》』も近づかない……気を付けろ」

「はい、ありがとうございます」

「それと……これを持っていけ」

ガイストが出したのは、一通の手紙。

「紹介状だ。これを、『神聖大樹』のクランマスター、アイビスに渡せ。多少は力になってくれるはずだ」

「……ガイストさん。四大クランのマスターと知り合いなんですか？」

「四十年、冒険者やってればそれなりに繋《つな》がりがあるもんだ」

ハイセはアイテムボックスに手紙を入れ、出された紅茶を一気飲みした。

「じゃ、行ってきます」

「気を付けてな」

「はい」

「……ハイセ。お前の能力は確かに強い。だが、無敵ではない……過信するなよ」

「……ええ、わかっています」

ハイセは一礼し、部屋を出た。

そして、王都の東門を出て、整備された街道を歩いて進む。

のんびり徒歩で進み、隣町で馬車に乗るか、『魔導車』という魔道具に乗って進むのもいいと考えていた。依頼の期日はないので、時間をかけてゆっくり進もうと思っている。

ハイセは、欠伸《あくび》をしつつ──右手に、『拳銃』を作り出した。

「………………」

L字型の、黒い金属棒。

何も知らない人間が見れば、これが武器とは思わないだろう。

『デザートイーグル』。古文書に描かれていた『異世界』の武器。

ハイセの持つ古文書は、『異世界人』という、ここではない別の世界の人間が残した物だとわかっている。このことを知るのはハイセだけだ。

「誰だ」

『デザートイーグル』を背後に向ける。

そこには誰もいない。だが、真に能力が覚醒《かくせい》したことで鋭敏な感覚を手に入れたハイセは、視線を感じていた。

能力に目覚めると、身体が作り替わったり、身体能力が向上するパターンが多い。サーシャの『可視化する闘気』も、『ソードマスター』に目覚めたことで得た力だ。

返事がない。ハイセは、気配のする場所から少し外れた場所に発砲する。

ドゥン!! と、『デザートイーグル』から薬莢《やっきょう》が排出され、弾丸が地面に突き刺さった。

「次は当てる」

「──参ったわ」

スゥー……と、何もない場所から現れたのは、冒険者ギルドで会った少女だった。

恐怖もなく、ハイセを見ている。

「……お前か」

「よく気付いたわね」

「尾行の理由は」

「依頼をしたいの」

「他を当たれ。俺は、討伐依頼以外受けない」

「霊峰ガガジアに入りたいの。それまで、あなたの後ろにいることを許可してほしい」

「何故《なぜ》そのことを……チッ。俺は一人でいい。同行者は必要ない」

「同行じゃない。私が後ろにいるだけ。霊峰ガガジアに入る時だけ許可を」

「理由は」

「エリクシールの素材」

「……『万年光月草』か」

「ええ」

少女の表情は変わらない。言葉も素っ気ない。ハイセを前に、緊張も恐れもない。

「道中、私が死んでも放置していいわ。私は、あなたの後ろを歩くだけ。霊峰ガガジアに入る時だけ、傍にいさせて」

「…………」

「お金は払うわ。道中、私のことを好きにしてもいい。どう？」

ハイセは銃を下ろすと、銃は煙のように消えた。

ハイセは、少女を無視して歩き出す。

「プレセア」

「……？」

「名前、プレセア」

「…………」

「あなたはハイセね。ま、独り言だし気にしなくていいわ」

プレセアと名乗ったエルフの少女は、ハイセからきっちり三十メートル離れて歩き出した。

◇◇◇◇◇◇

サーシャは、王都南門前で、全員に確認する。

「確認する。目的地は、ハイベルグ王国から南にある鉱山地帯。そこにあるリスタルの街だ。リスタルの街で最も大きいクリスタル鉱山に出現した、クリスタルゴーレムの討伐に向かう」

ピアソラはウンウン頷き、レイノルドはニカッと笑い、タイクーンは眼鏡《めがね》を上げて頷き、ロビンは親指を立ててグッと笑う。

そして、クレスは「ああ」と言い、妹のミュアネは「アタシに任せなさい!!」とまっ平らな胸をドンと叩いた。

合計七人の、魔獣討伐の旅が始まったのである。

さっそく、城下町を出て歩き出すが、いきなりミュアネが言う。

「馬車は使わないのかしら?」

「あのねぇお姫様。ウチの方針でね、なるべく楽はしないことになってるの。歩けるなら歩く、持てるなら持つ、節約できるなら節約する……わかったかしら?」

ピアソラに言われてムッとするミュアネ。だが、クレスがミュアネの頭をポンと叩く。

「その通りだな。すまない、ピアソラ。ミュアネ……オレたちは王族だが、このチームでは下っ端だ。チームの方針なら、それに従うように」

「むぅ～……わかりましたぁ」

「やれやれ……言っておくが、疲れたから歩けないなど言い出したら、置いて行くからな」

タイクーンが付け加え、ミュアネはムスッとする。そして、サーシャがフォローに入る。

「だが、クレスもミュアネも、冒険者に同行しての冒険は初めてだろう。急ぎではないし、私たちは南部には何度か行っている。わからないことは何でも聞いていいし、できることはやろう」

「サーシャ……あなた、女神様みたい!!」

「悪いけど、サーシャは私の女神様なの。お姫様、サーシャを崇《あが》めていいのは私だけ。理解できたかしら？」

「あなた、悪魔みたい」

「あぁぁぁん!?」

「だっはっは!!　悪魔ねぇ、言い得て妙だぜ？」

「レイノルド、テメェ!!」

「ぴ、ピアソラ……顔が恐いよぉ」

ロビンが怯《おび》え、レイノルドの影に隠れてしまった。

七人は歩き出す。向かうは、南にある鉱山の街、リスタルだ。

歩き出してすぐに、タイクーンがサーシャの隣に並んで言った。

「何を気にしているんだ？」

「タイクーン……」

「ハイセのこと、か」

「……わかるか？」

「まぁな」

タイクーンは眼鏡をクイッと上げる。彼の癖《くせ》のようなモノだ。

「認定式、きみは途中でいなくなったけど……ハイセの元に行ってたんだろう？」

「やはり、わかるか？」

「まぁね。何を話したのかは知らないけど、少しスッキリしたように見えた」

「……いろいろ、言われたよ。私は……やはり、ハイセを見下していたのかもしれない、と
な」

「……きみがずっと、罪悪感を抱えていたのは知っている。彼を追放しなければ、もしかしたら能力に覚醒したハイセが……きみとレイノルドの三人で、最強のチームになれたのかもしれない、とね」

「…………」

「幼馴染《おさななじみ》同士、同じ夢を見た者同士……いろいろあったんだろう？」

「ああ。彼の分まで夢を叶《かな》えようと思った。でも……ハイセと見た夢を、私一人で叶えても

仕方ないと言われたよ。一緒に最強のチームを作るという夢はもう、見れないんだ」

「………」

「だから、ハイセは最強の冒険者を目指している。『禁忌六迷宮』に挑むことを夢見ている……そんな気がする」

「それは、きみもだろう」

「ああ。ハイセが最強を目指すなら、私は最高のチームを目指す。互いに向かうべき場所は同じだ。そうすればきっと、またハイセに会える……その時は、胸を張って」

「……サーシャ」

「本当に馬鹿《ばか》だった。私は、罪悪感からハイセと話すことに怯えていた。互いにS級冒険者に昇格してここぞとばかりのタイミングで謝罪した……こんな謝罪、なんの意味もないのにな。ハイセが望むことなら何でもするつもりだった。身体を差し出そうとしたが、拒否されたよ」

「ぶっ……き、きみ、そんなことを言ったのか⁉」

「ああ」

「ぴ、ピアソラが知ったら発狂するな。レイノルドもどうなるかわからないな……いいかサーシャ、今の話、誰にもするなよ」

「む？　ああ、わかった」

タイクーンはため息を吐《つ》き、前を見た。ピアソラとミュアネが言い合いをして、レイノルドが笑い、クレスがため息を吐き、ロビンが困ったようにワタワタしている。

「サーシャ、きみは最高を目指すと言ったな?」

「ああ、そのつもりだ」

「ボクも、きみを支えるつもりだ。ボクはこんな性格だから、どの冒険者チームでも疎《うと》まれていたが……キミに出会い、救われた。きみはぼくの恩人だ」

「な、なんだ急に」

「最高のチームを作る。きみは好きにやるといい。考えることは、ボクがする」

「タイクーン……」

「くくっ……忙しくなりそうだ。まずはこの王家の依頼をクリアしてからだな。ああ、覚えているか? 王家の依頼の報酬は『望む物』だ。ボクが提案するのは『クランホーム』だな。冒険者クランの本拠地だ。知っているか? 四大クランのホームだが、その規模は小さな村よりも大きいとか」

「ま、待て待て落ち着け。タイクーン……やる気になったのは嬉《うれ》しいが、近い」

「む、すまん……ん?」

ここで気付いた。レイノルド、ピアソラがジーっとタイクーンを睨《にら》んでいた。

「何してんだお前……」

「タイクーン……あなた、サーシャに詰め寄って何するつもりかしらぁ?」

「何を勘違いしているのか知らんが、ボクはサーシャに恋愛感情は持っていないぞ。全く……少し長話をしたからって、勘違いしすぎだ。馬鹿どもめ」

「「あぁん⁉」」

何気ない、普段の仲間たち。サーシャは久しぶりに、心から笑えた気がした。

王都からしばらく南下すると、人気が少なくなり、街道の脇《わき》に森や林などが多くなる。

そうなると、やはり出てくるのは、魔獣だ。

「——……全員、戦闘態勢へ」

最初に気付いたのはサーシャ。

「クレス、ミュアネ。今回は私たちの戦いを観戦してくれ。レイノルド、二人のガードを」

「了解」

「タイクーン、ロビン、ピアソラはいつも通りに」

「「「了解」」」

「え、え」

「……見せてもらおうか、S級冒険者の戦いを」

困惑するミュアネを引き寄せ、クレスは下がる。

二人の前に、大きさの異なる盾を装備したレイノルドが立ち、ロビンは近くの木に一瞬で飛び移る。

タイクーン、ピアソラは後方で待機……チーム『セイクリッド』の陣形が完成。

同時に、魔獣が藪《やぶ》から飛び出してきた。

「なるほど、オーガだな。確か、近くに村があったはず……なら、これ以上先に進ませるわけにはいかない」

サーシャが剣を構えると、オーガが雄叫《おたけ》びを上げた。

『グォォルゥゥゥゥゥォォォォォォ!!　──ッォ!?』

だが、オーガの右目に矢が刺さり、顔を押さえて矢を引き抜く。

同時に、オーガの顔面に火球が命中した。タイクーンの攻撃魔法である。

オーガは暴《あば》れまわり、近くの岩を手に持ち投げつける。サーシャが躱《かわ》し、レイノルドがクレスとミュアネを守るために、盾で岩を軽々と弾《はじ》き飛ばした。

「つっ」

だが、小石がクレスの顔を掠《かす》り、少しだけ血が出た。

そこに、どこか嫌そうなピアソラがそっと手でなぞる……それだけで傷は消える。

『グォォルゥゥゥゥゥォォォォォォ!!』

「銀閃剣──『空波刃』!!」

銀に輝く闘気を纏《まと》うサーシャが剣を振るうと、闘気の刃が飛び、オーガの首を軽々と斬《き》り飛ばした。

サーシャが剣を鞘《さや》に納めると同時に、オーガが倒れる。

「す、すごいな……」

「これが、『セイクリッド』……王都最強と呼ばれる理由、わかったかも」

クレスとミュアネが感心するが、ピアソラは不満だった。

「ちょっとレイノルド!! 小石飛ばさないでくださいな!!」

「わ、悪い悪い。クレス、怪我《けが》平気か？」

「あ、ああ」

「まったく……守るなら完璧《かんぺき》に守ってくれ。王子に怪我させてどうする？」

「ぐ……」

「まーまーいいじゃん。ね、サーシャ」

「ああ。とは言えないな……レイノルド、しっかり頼むぞ」

「へいへい、すみませんでした」

チーム『セイクリッド』は、オーガの処理をした後、再び南下する。

数時間ほど歩くと、小さな農村が見えて来た。

「こんなところに人が住んでるのね。王都からも遠いし、不便そう……なんでこんなところに住んでるのかしら？ 王都に住むとか、近くに住めばいいのに。ね、そうアドバイスして、さっさと先に進みましょ」

「……クレス、王女は馬鹿なのか？」

タイクーンのシンプルすぎる質問にクレスは苦笑。ミュアネはムカッとしてタイクーンを睨んだ。

「あ、あなた、今、アタシに何て言ったのかしら？」

「……王族というのは、民の暮らしを知らないと思っただけだ。せっかくの機会だ、よく見ていくといい」

「ぐぬぬ……アンタ、あのハイセとかいうヤツの次にムカつくし‼」

タイクーンは無視して歩き出す。不思議なことに、サーシャたちもミュアネを宥《なだ》めたりしなかった。

農村は、古めかしい木造りの建物が二十軒もない、小さな村だった。それぞれの家の傍《そば》に小さな畑があり、村の真ん中を川が流れている。

その川から水を引いているようだが、何やら様子がおかしかった。

「んー……なんか、様子がおかしいね。あたしちょっと聞いてくるっ」

人懐っこいロビンが村の中へ。そして、近くの住人に話を聞き戻って来た。

「あのさ、なんか上流にでっかい魔獣が住みついて、川を汚染してるんだって。おかげで畑や生活用の水が汲《く》めなくて困ってるみたい」

「なーんだ」

ミュアネが「そんなこと」と言わんばかりにフンと鼻を鳴らす。

すると、ロビンが話を聞いた住人が、村長らしき老人を連れて戻って来た。

「これはこれは……旅の冒険者様でいらっしゃいますか」

「そうだ。村長、何かあったようだな」

「はい……実は、川上に魔獣が住みつきまして、水が汚染されてしまい、困ってまして」

「それなら、冒険者に依頼すればいいじゃない。それか、こんな村を捨てて、王都の近くに新しく村を作るとかさ。ねぇ、お兄様」

「「「「「…………」」」」」

サーシャたちも、クレスも呆《あき》れを隠そうとしなかった。村長は首を振る。

「ここは、先祖代々、受け継いだ土地です。そう簡単に離れるわけにはいかんのですよ」

「なら冒険者は？」

「……冒険者に依頼できるようなお金は、とてもとても」

すると、サーシャがレイノルドを見た。レイノルドは頷く。

「村長。依頼するとしたら、いくら出せる？」

「……せいぜい、銀貨が二枚、ですな」

「よし、それで受けよう。川上に住む魔獣を仕留めればいいんだな」

「よ、よろしいのですか⁉」

「ああ。全員、いいな？」

レイノルドたちは頷いた。

こうして、サーシャたちは村の川を遡《さかのぼ》り、そこを根城にしていた魔獣を退治するのだった。


サーシャたちは魔獣を討伐後、村に一泊して出発した。途中、どうしても気になったのか、クレスが言う。

「なぁサーシャ。どうして依頼を受けたんだ？」

「……む？」

「昨日の魔獣、水を汚染していたが、人に危害を加える様子はなかった。ただの水飲み場としてあの川を利用していたんだろう……クリスタル鉱山を攻略後でも、間に合ったんじゃないか？　優先すべきは王家からの依頼だろう？」

「……違うぞ、クレス」

「え？」

「優先すべきは、この国に住む者たちの平穏だ。王家だからと、優劣を付けるべきじゃない。ふ……私の身体は一つしかない。何を優先すべきかは私が決めるし、目の前に困っている人がいたら助けるさ」

「………」

「クレス。そしてミュアネ。王都郊外の小さな村だからといって、後回しにしていい理由にはならない。あそこに住む者たちも皆、ハイベルグ王国の国民だぞ」

クレスはハッとして額を押さえた。だが、ミュアネは言う。

「でもでも、今は平気でも、後々のことを考えたら、やっぱりあんな場所じゃなくて、王都近くに住むべきじゃない？　移住の許可とか必要なら、アタシが……」

「……ミュアネ。彼らは農民だ」

「え？　それは知ってるけど」

するとサーシャの肩をタイクーンが叩き、代わりに説明する。

「移住ということは、畑も、家も、全て放棄して、また一から始めるということだ。わかりにくいかもしれんが、畑をゼロから造るのには相当な労力がいる。まず、農地の砂利や石を取り除く。その後、鍬《くわ》を入れて土を耕す……岩や砂利を取り除かないと、鍬を入れた時に鍬が割れる可能性がある。土を耕したからと言って、その土地で農産物が作れるとも限らない。土地を変えるということは、農民にとって生死に関《かか》わることなんだ」

「……そ、そうなの？」

「決して裕福ではない村だ。生きるのに精一杯。そういう人たちがハイベルグ王国には多くいる」

「「…………」」

クレス、ミュアネは何も言えなかった。

郊外に住む国民の現状を知り、クレスとミュアネは自分たちが軽率な言葉を発してしまっていたことに気づき、落ち込んでしまう。サーシャは、ミュアネの肩をポンと叩いた。

「ミュアネ、人々の暮らしをしっかり見て学ぶといい」

「サーシャ……うん、ごめんなさい。アタシ、馬鹿だった」

「オレもだ。やれやれ……守るべき民の暮らしを知らない王族なんて、前代未聞だ。国とは人あってこそなのに」

農村での出来事は、二人にとっていい経験になったようだ。

◆◆◆◆◆◆

ハイセは一人、東にある森国ユグドラに向かってのんびり歩いていた。

「ん～……いい天気だな」

地図を見て、街道沿いにある小さな町があるのを確認。今日はそこまで歩き、一泊しようと決めた。

後ろをチラッと見ると、プレセアと名乗ったエルフの少女が、きっちり三十メートル間隔で付いてくる。

　面倒なので、相手にはしていない。話すと意外に会話が弾むが、そこまでして話したいとも思っていない。特に干渉しなければ、霊峰に入るくらいはいいかなと、ハイセは思っていた。

　すると、街道の脇にある藪から、ホブゴブリンという大型のゴブリンが飛び出してきた。

「『M1873』」

　レバーを引いて弾丸を装填《そうてん》し、ホブゴブリンの頭を狙《ねら》って引金を引くと、轟音《ごうおん》と同時にホブゴブリンの頭が吹き飛んだ。薬莢が落ちると同時に消滅する。すると、矢を番《つが》えようとしていたプレセアが、僅《わず》かに目を見開いてポツリと呟いた。

「……なんて威力」

「ま、そう思うよな」

　答えたことで、会話をしていいと思ったのか、プレセアが近づいてきた。

　そして、ハイセの持つ武器、歩兵銃《ライフル》をジーっと見る。

「それ、あなたの能力？」

「ああ」

「……私の能力は『精霊使役《フェアリー》』……眼に見えない『精霊』を自在に使役できる。精霊同士は離れても会話できるから遠くで盗み聞きしたり、精霊にお願いして姿を消したりもできる」

「……いきなりなんだよ」

「あなたの能力は?」

「おま、ずるいな」

相手の能力を聞いたら、自分のも話さなくてはいけない。互いに信頼関係を結ぶための、暗黙の了解みたいなものだ。ハイセはため息を吐き、ライフルをプレセアの顔に近づけた。

「俺の能力は『武器《ウエポン》マスター』だ。この世界じゃない、別の世界の武器を自在に使える」

「マスター系能力……え? この、世界じゃない?」

「俺にもよくわからない。まぁ、話せるのはそれだけ」

ライフルが消え、ハイセは再び歩き出す。すると、プレセアはハイセの隣に並んだ。

「……おい」

「たまたま隣なだけ。別に、話すことないから」

ハイセはため息を吐き、ほんの少しだけ早歩きをして先に進んだ。

それから数時間歩き、一番近い町に到着した。

大きさはそれほどでもない。住宅が並び、町の中心には店が立ち並んでいる。ありふれた宿場町だ。だが、意外に人が多い。ハイセは、町の入り口を守る守衛に冒険者カードを見せながら聞く。

「あの、けっこう賑《にぎ》やかだけど、何かあるんですか?」

「ああ、この町ができてちょうど二百年のお祭りがあるんだ、って……え、S級冒険者⁉」

ハイセの質問に答えながら冒険者カードを確認し驚愕《きょうがく》する守衛。

「やばいな。宿とか空きあるかな……」

「そ、それはわからんけど、穴場なら知ってるぞ。居心地にこだわらないなら、この路地をまっすぐ進んだ先にある『小鳥亭』ってところに行きな。普段もガラガラだし、地元民でも宿屋ってこと忘れる時がある」

「わかった。どうもありがとう」

「ああ、お連れさんもな」

と、ハイセはプレセアが後ろにいたことを完全に忘れていた。

プレセアは無言でハイセの後ろを歩き、守衛の言った『小鳥亭』にも付いてきた。

「……ボロイな。でもまぁ、いいか」

ハイセが王都で拠点にしている宿とそう変わらないボロさだ。だが、一泊しかしないし気にしない。町はすでにお祭りのようだ。ハイセはさっそく受付へ向かう。

「一泊お願いします」

「はいよ。悪いけど、今空き部屋が一つしかなくてねぇ」

「え?」

「お祭りだし、ウチみたいなボロでもお客が入るのさ。一緒で問題ないかい?」

「一緒? あ……」

プレセアが後ろにいた。するとプレセアが言う。

「一緒で」

「おい⁉」

「はいよ。じゃあこれ鍵《かぎ》ね。うちはボロだけど、部屋の壁や扉は分厚いから、騒がしくしてもかまわないよ」

「ありがとう」

何かを勘違いしているが、プレセアは鍵を受け取りスタスタ行ってしまう。

「おい、お前‼」

「部屋、こっちよ？」

部屋に入るハイセとプレセア。

ボロいが、なかなか広い。ベッドも大きい。そして、意外にもシャワーが付いていた。お湯も出るし、どうも『そういうこと』をするための宿に見えてしまうハイセだった。

すると、装備を外し、服を脱ぎ出すプレセア。

「は⁉　おま、なにを」

「報酬、前払いのぶん」

「はぁ⁉」

「シャワー、浴びてくる」

「ちょ、待った‼　待った‼」

「……なに？　そのままがいいの？　汗、掻《か》いてるけど」

「意味わからんこと言うな‼」

プレセアは、全裸のままハイセの前に立ち、首を傾《かし》げた。羞恥心がないのか。隠そうともしない。ハイセが顔を逸《そ》らすが、耳まで真《ま》っ赤《か》になっていることにプレセアは気付き、言う。

「まさか、未経験？」

「……う、うるさい」

「S級冒険者。お金いっぱいあるでしょ？　その年なら、いろいろお盛んじゃないの？」

「………………」

「ま、私も未経験だけど」

「お前は何を言ってんだ。いいから服を着ろ。あと報酬の前払いって何だよ」

「私を好きにしていい。万年光月草を手に入れたら、後払いでお金払うわ」

「…………いらねぇ」

「え？」

「金だけもらう。お前の身体はいらん」

「……ちょっとショックね。スタイルには自信あるんだけど」

確かに——プレセアは、とても魅力的だ。

染み一つない真っ白な肌。ほどよい大きさの胸。細い身体はしなやかで、毒に侵されたようにハイセは顔が赤くなってしまう。

「……じゃあ、お前の話を聞かせろ」

「私？」

「万年光月草。なんで欲しいんだ？」

プレセアは、アイテムボックスから下着と新しい服を取り出し着替え、ベッドに座る。

「姉が病気なの。それで、エリクシールがあれば治る。素材はほとんど揃《そろ》えたけど、万年光月草だけ手に入らない……霊峰ガガジアへ入る申請をしたけど、通らなかった。今、ガガジアはすごく危険な魔獣が繁殖期に入って、餌を求めて徘徊《はいかい》している。四大クランの『神聖大樹』も手を出せない」

「…………」

「でも、あなたなら別」

「俺？」

「ええ。ハイベルグ王国の依頼がある。森国ユグドラはハイベルグ王国の属国だから、ハイベルグ王国の依頼書があれば霊峰ガガジアに入れる。万年光月草を手に入れられる」

「なるほどな。それで」

「ええ。あなたと冒険者ギルドで出会って、東方へ行くと言ったから……ギルドマスターとの会話を聞かせてもらったの。目的が霊峰ガガジアって聞いて驚いたわ」

つまり、プレセアは姉のために万年光月草を手に入れなくてはならない。

「西方に行ってたのは?」

「万年光月草を探すため。ガガジアに入れないなら、他を探すしかないと思って」

「………」

「お願い。あなたがガガジアに入る時、私もあなたの『仲間』として同行させて。万年光月草を手に入れたら、私の全財産をあげる」

「……わかった」

「ありがとう」

「その代わり、あくまでお前は俺の後ろを付いてくるだけだ。仲間じゃない。俺はソロの冒険者だからな。霊峰ガガジアに入るほんの少しだけの同行だぞ」

「ええ。安心して、ソロとしてやってきたのは私も同じだから」

「それでいい。あと、この部屋は……」

「数時間だけだし、一緒でいいわ。私を抱きたいなら拒まないわよ」

「いらん。ったく……」

ハイセは立ち上がる。

「どこに?」

「メシ。これだけ騒がしい祭りなんだ。出店くらいあるだろ」

「そう……私も行こうかしら」

「勝手にどうぞ」

二人は宿を出た。さすがに、プレセアは付いてこなかった。

ハイセは安心して、出店巡りをするのだった。


翌日。ハイセが部屋のソファから起きると、裸のプレセアがベッドから身体を起こした瞬間だった。

形のいい胸が、陽《ひ》の光に照らされキラキラ輝いて見え、ハイセは目が離せなかった……が、十秒ほどして目を逸らす。

「お前、服」

「ああ、暑いから脱いだの」

「ったく……じゃあ、俺はもう出るから」

「もう？　どこに？」

「朝飯」

祭りは朝から始まっている。部屋を出て、町の中央へ。

屋台はすでに開いており、いい香りがあちこちからする。ハイセは、海鮮のスープにパンを買い、空いているベンチに座って食べていた。すると、同じ物を持ったプレセアが隣に座る。

「いい香り……この辺、海なんてないわよね?」

「さーな」

「パン、甘いわ……これ、果物の果実で味付けしてる」

「ふーん」

「海鮮スープ、いい味……アイテムボックスに入れたいけど、私のボックスは時間停止機能、付いてないのよね」

「ああもう、うるさいな!!」

初めて出会った時とはずいぶんと違う印象に、ハイセはうんざりした。

プレセアは、ハイセより後に来たのに先に完食。目を閉じ、風を感じている。

ようやく黙ったので、ハイセは甘いパンをモグモグ食べ始めた。

食べながら地図を開き、今日のルートを確認する。

「提案、いい?」

「独り言にしておけ。提案ってのは、仲間にすることだ」

「じゃあ独り言。森国ユグドラへ行くなら、街道沿いはやめた方がいいわ。地図では平坦な道だけど、実際はかなりの荒れ道よ。自然は自然のままで、っていう森国ユグドラの考えで、街道の整備はほとんどしていないの。通るなら、迂回路《うかいろ》のラドルの森、ここは商人の馬車が通る道があるから、徒歩でも容易……独り言、終わり」

　プレセアは再び黙ってしまう。

　東方は初めてのハイセ。急ぎではないが、苦労はしたくない。エルフであるプレセアが言うなら、間違いはないのだろう。

「…………」

　ハイセは、地図を見ながらぼんやり考えていた。

◆◆◆◆◆◆

「ラドルの森、か」

　町を出て街道沿いに進むと、分かれ道となった。

　一方は、森国ユグドラへ続く街道、もう一方は迂回路となるラドルの森。立て看板には『森国ユグドラ』と『ラドルの森』と二つある。

「ずっと平原歩いてたし、森に行くのも悪くないな」

　そう呟き、ハイセはラドルの森へ。

「……くすっ」

ハイセの後ろで、プレセアが笑ったような気がして面白《おもしろ》くなかった。

今や、プレセアの距離は十メートルまで縮まっている。ハイセはため息を吐き、森に進んだ。

「おぉ～……すごいな」

美しい森だった。確かに、街道のような整備はされていない。だが、森国へ向かう馬車が何度も通ったのか、草木の生えていない通り道ができている。そして木々。紅葉しているのか、緑色ではなく赤や黄色の葉が生い茂り、木々の隙間《すきま》から差し込む光が、森全体を照らしていた。

ハイセは、『武器マスター』を使用。

「『散弾銃《ベネリ・ノヴァ》』」

中折れ式のショットガンを手に持ち、弾丸を確認して右手に持つ。そして左手には『デザートイーグル』を持ち、森を歩く。森の中は、魔獣の気配がした。

「気を付けて」

プレセアは、弓を手にハイセの傍へ。そして、弓の機構を操作すると、ガシャンと変形した。

それは、まるで剣。

「剣？」

「ええ。剣弓《ソードアロー》……剣と弓、そしてロッドに変形する武器よ」

「へぇ、珍しいな」

「エルフは誰も使わないわ。というか、私しか使いこなせない」

ハイセが『デザートイーグル』を構え、藪に向かって連射すると、ゴブリンの群れがバタバタ倒れた。

そして、ホブゴブリンが飛び出してきたので、ショットガンを頭にめがけて発射。ホブゴブリンの頭が砕け、肉片となって飛び散った。そして、反対側からもゴブリンが飛び出してきた。

「シッ!!」

こちらは、プレセアが斬る。

身軽。まるでサルのようだとハイセは思った。舞うように動き、ゴブリンの首を連続で斬り刻んでいく。そして、斬り終わると同時に剣を弓に変形させ、一瞬で抜いた矢を番え、連続発射。ホブゴブリンの頭に四本の矢がほぼ同時に刺さり、その場に倒れた。

最後に出てきたのは、ホブゴブリンよりも大きな『ジャイアントゴブリン』だ。

ハイセはショットガンと『デザートイーグル』を投げ捨て、右手に『投擲弾発射砲《グレネードランチャー》』を、左手にグレネード弾を手に持つ。

「それは?」

「『M79グレネードランチャー』」

グレネード弾をセットし、ジャイアントゴブリンに向ける。

『グォォルゥゥウゥゥォォォォォ!!』

「大口開けて、腹減ってるのか？　じゃあ——美味《うま》いの、くれてやる」

ボン!!　と、グレネード弾が発射。

ジャイアントゴブリンの口の中に侵入し、爆発《ばくはつ》。頭部が吹き飛び、身体が爆散した。

「……綺麗な森、汚さないでくれる？」

「……そこは素直に謝るよ」

周りがゴブリンの肉片で大変なことになり、ハイセはジト目で見るプレセアに素直に謝った。

日が暮れ始め、ちょうどいい横穴を見つけたので野営することにした。

アイテムボックスからテントなどを出し、薪《まき》も出して焚《た》き火をする。

ポットに水を入れてお湯を作り、お茶を淹《い》れた……二人分。

「ほれ」

「……何故？」

「気まぐれだ」

プレセアは受け取った。プレセアもアイテムボックスを持っているが、ハイセのとは違い、テントに寝袋、衣類、一人分の食器に保存食しか入っていない。

横穴にテントを二つ並べ、調理用テーブルを出し、野菜や肉を切るハイセ。

「……すごい容量のアイテムボックス」

「便利だし、ケチらなかった。たぶん、俺のアイテムボックスは王都で一番の容量だぞ」

「羨《うらや》ましいわね。さすがS級冒険者」

「どーも」

「ね、お金払うから私にもくれない？」

ハイセは、自然に二人分の夕食を作っていた。肉と野菜を軽く炒め、炙《あぶ》ったパンに挟む。そして卵のスープを作った。デザートに果物を剝《む》き、テーブルに置く。

「……あなた、器用なのね」

「昔は荷物持ちで、料理とか雑用やってたからな」

「ふぅん。ヒトに歴史あり、ね」

二人は食べ始めた。一口食べ、プレセアが眼を軽く見開いてハイセを見たが、無視。

食事を終え、片付け、お茶を再び淹れた。

しばし、無言。すると、プレセアが言う。

「……あなたの武器、すごいわね」

「まあな」

ハイセは、テーブルに武器を並べる。

「今、使えるのは四つだけ」

ハンドガン。グレネードランチャー。ショットガン。ライフル。

それぞれ大きさも形状も異なる武器。この世界ではない、『異世界』の武器だ。

「俺にもよくわからないけど、この四つはすぐに出せる。他にもいくつかあるけど……完全には出せないし、出せても使えない」

「そうなの？」

「ああ。でも、この四つは強力だ。弾丸がなくなれば消えるけど、すぐに出せる。さらに、数も出せる」

ハイセは、『デザートイーグル』をいくつもテーブルに並べる。

一瞬だけ淡く輝き、ハイセの手に現れるのだ。

プレセアが一つを手に取ろうとすると、光となって消えてしまう。

「そして、使えるのは俺だけ」

「なるほど、ね」

ハイセは武器を全て消しお茶を飲み干した。再び、プレセアが言う。

「食事と、今のお話のお礼。ここの見張りは『精霊』にやらせるから、あなたは朝までゆっくり休んでちょうだい……私を抱きたいなら、いつでもいいけど」

「お前、俺にその気がないって知ってるから毎回言ってるのか？　……ったく」

ハイセは自分のテントに入り、すぐに目を閉じた。


翌日。森を抜けると、見事な紅葉が眼下に広がった。

「おお――……」

「森国ユグドラ、今は秋真っ盛りなの。いいタイミングで来たわね」

プレセアはもう、ハイセの隣に立っていた。距離を取るのはやめたようだ。

ハイセも、もう何も言わず歩き出す。

森を抜けると、すぐ目の前に深い崖があり、崖の下には見事な森が広がっていた。赤、緑、黄色、オレンジと、カラフルに染まった木々が美しく、遠くに見えたのは大きな塀に囲まれた立派な国。

「あれが、森国ユグドラ……」

「そして、あれが霊峰ガガジア。ユグドラの東門から行けるわ。」

森国ユグドラの、城壁に囲まれた首都の北東に山脈が見えた。頂《いただき》には雲がかかり、その高さは相当なものだ。

「こっちが街道と合流する道。もう、ここまで来れば険しい道でもないわ」

「………………」

いつの間にか、プレセアは完全な案内人となっていた。

森国ユグドラへの道を歩き、近づくにつれ……ハイセは、妙な物を見た。

「……なんだ、あれ？」

やや高台の場所で見えたのは、森国ユグドラ。そして、首都周辺を囲う城壁から少し離れた場所にある、巨大な樹木。

デカい。とにかくデカい木だ。樹齢百年、千年……いや、数万年はあるんじゃないかという、巨大な木。天にまで届きそうな大きさの木に、ハイセは驚いていた。

「あなた、知らないの？　あの大樹がクラン『神聖大樹』の本拠地にして、クランを象徴する大樹。ちなみに大樹の名前もユーグドラシルよ」

「………は？」

その名は、四大クランの一つ。エルフの国にして森の国であるユグドラを拠点とする、亜人種族が多く在籍するクラン。プレセアは、ハイセの顔を見て言う。

「S級冒険者でも、あなたみたいななりたてじゃない。四大クランを運営するS級冒険者四人は、『四賢人』って呼ばれてる。『神聖大樹』のクランマスター、『無限老樹』アイビス様は、エルフ族の英雄よ」

「………」

「あの木、アイビス様が『能力』で生み出したものなんだって」

淡々と言うプレセアだが、どこかキラキラした眼をしていた。

ハイセは特に興味がないが呟く。

「四大クラン、か」

クランとは、S級冒険者のみ作ることができる、冒険者チームを傘下に置くことができる組織。世界には百以上のクランが存在するが、数あるクランの中でも最大規模で、一つの国に匹敵《ひってき》する規模を持つのが四大クランだ。

ハイベルグ王国を中心に、東西南北に存在する。

東方に位置する、亜人種族が多く所属する『神聖大樹』。

西方に位置する、人間界最大の歓楽街を経営する『夢と希望と愛の楽園《ファンタスティック・ファンタジア》』。

南方に位置する、ドワーフ族のみで運営される最大の鉱石発掘集団『巌窟王』。

北方に位置する、人間のみ、そして刀剣に関する『能力』を持つ者のみが加入を許される『セイファート聖騎士団』。

この四つを、四大クランと呼ぶ。

「……サーシャは、こんな規模のクランをねぇ」

「サーシャ？」

「お前には関係ない」

ハイセは、ポケットから手紙を取り出す。

「ガイストさん、すごい人と知り合いなんだな……」

とりあえず、ユグドラに入国してから『神聖大樹』へ向かうことを決めた。

正門で冒険者カードを見せ（案の定、驚かれた）入国。

いざ入国しようとしたら、プレセアがいない。

「……？」

特に探す気もなかったのでそのまま歩き出すと、いつの間にか隣にいた。

しかも、フードを被《かぶ》って顔を隠している。

「……何してるんだ、お前？　まさか不法入国？」

「関係ないでしょ」

「……まぁ、確かに。さーて、これからどうするかな」

すぐに依頼を――ではなく、ハイセは宿を取った。プレセアも同じ宿を取り、二人は町へ。

「有料で案内するけど」

「いらない。適当にブラついて、メシ食う」

特に文句はないらしく、プレセアは無言でハイセの隣を歩く。宿を出て、すぐに気付いた。

「それにしても、エルフ……は当たり前か。亜人種族が多いな」

「森国ユグドラは亜人種の国だからね」

獣の特徴を持つ獣人や、背中に翼の生えた翼人なども多くいた。そして、人間が最も少ない。

町も、木造建築がほとんどだ。自然が多く、国の中を多くの川が流れている。渡し舟などもあり、物資を船で運んでいるのも見えた。城下町の中央には、高級宿や飲食店、冒険者ギルドがあった。

「せっかくだ。ギルドに依頼の確認だけしておくか」

「………」

「……？　どうした」

「別に。私、ここで待ってるから」

プレセアの姿がいきなり消えた。『精霊』の力で姿を隠したようだ。

ハイセは首を傾《かし》げたが、特に気にすることなく冒険者ギルド内へ。

ギルド内は、エルフや亜人種の冒険者で溢《あふ》れていた。

「おい、見ろ……」「人間……」「一人か？」

「ガキじゃねぇか」「ソロかね？」

ハイセを見るなり、周りからの視線を感じた。ハイセは無視し、受付カウンターへ。

中年の受付嬢に、ハイベルグ王国からの依頼書と冒険者カードを見せる。確認した中年受付嬢は目を見開いた。

「は、ハイベルグ王国からの依頼……しかも、え、S級冒険者……!?」

「依頼は明日以降取り掛かる。手続きだけよろしく」

「は、はい……」

S級冒険者。その言葉に、ギルド内がざわつく。

ハイセを値踏みする視線が多数、馬鹿にするような、侮蔑するような視線も多い。

だが、ハイセは無視。こういう視線は慣れていた……が。

「おいおいおい、S級冒険者だと？　ガキじゃねぇか。偽造カードじゃねぇのか⁉」

と、牛の獣人とその仲間たちが笑っていた。ハイセはチラッと見るが、それだけ。

「あぁん？　おいガキ、なんだその眼は」

「…………」

「は、こんなガキがS級冒険者とはな。人間は見る眼がねぇぜ」

受付嬢が書類を確認し戻ってきた。

「依頼は受理されました。こちら、霊峰ガガジアへの入山証です。あの……お一人ですか？」

「あー……いや、もう一人いる。外で待ってる」

「わかりました。霊峰ガガジアは東門から行けますので、東門を管理する『神聖大樹』の門番に入山証を見せてください」

「わかりました」

「ガキ、無視すんじゃねぇ‼　──っっこ、が」

と、牛獣人がいきなり喉《のど》を押さえ、バタバタ苦しみだした。

ハイセはそれを無視して素通り。牛獣人の仲間たちが倒れた牛獣人を介抱している間にギルドを出た。

すると、ハイセの隣にプレセアが現れた。

「あれ、お前だろ」

「ま、そうね。精霊にお願いして、首を絞めただけ」

「……やっぱり聞いてたのか、会話」

「ええ。ありがとね」

「何が？」

「入山、聞かれた時に私のことも言ってくれた」

ハイセは「フン」と言い、気になったことを聞いてみた。

「それにしても、『神聖大樹』か……あんなデカい木を拠点にして、まるで森国ユグドラの象徴みたいになってる感じだ。ユグドラ王家は何も言わないのか？」

「……むしろ逆ね。最初にアイビス様がこの地にあの『ユーグドラシル』を植えて、後から森国ユグドラが生まれたの。今の王族は全員、アイビス様よりも年下。王家のエルフは全員、アイビス様を神聖視しているわ。聞いた話だけど……ユーグドラシルを植えたあと、その地に小さな集落ができて、アイビス様が集落の管理を任せたエルフが、今の王族らしいわ」

「へぇ、そんな歴史が」

「ええ。アイビス様はある意味王族みたいなものだけど、『政治には関わりたくない、冒険者クランを作る』って言って、それ以来ずっと、ユグドラ王家には関わらない生活をしているの」

「へぇ～……ある意味、『神聖大樹』は王家よりも権力がある、ってわけか」

「そう思われたくないから、政治や王族には一切《いっさい》関わらないみたいだけどね」

なんとなく、ハイセは大樹こと『ユーグドラシル』を見上げた。

「……さて、メシでも食うか。この辺、いい匂《にお》いするし……なんだか甘いの食べたいな」

「独り言。『あんみつ通り』に、おいしいスイーツの店が多く並ぶエリアがある。ここから西の通り」

ハイセは、西の通りに向かって歩き出し、その隣にはプレセアが並んだ。

その日の夜。ハイセは、自分の部屋で古文書を読んでいた。

「……ふむ」

この古文書は、拾い物。

だが、どうも自分に縁があるような気がして手放せない。あの場で出会うことが運命だったような気さえして、今はどこへ行くにも必ず持ち歩いている。

そこに書いてあったのは、『武器』の名前と形状。

書かれていた言葉は、『エイゴ』と『ニホンゴ』という異世界の文字。

どういうわけなのか、ハイセは『エイゴ』と『ニホンゴ』を少しだけ理解できた。この古文書を書いた人物が、ハイセと同じ『武器マスター』の能力を持っていたこともわかった。

「──……これは」

そして、いくつかのページを理解できた。試しに、部屋で能力を使用してみると、完全に

『武器』を具現化できた。どうやらハイセは、異世界の武器を完全に理解することで、具現化できるようだ。

「試し打ちは──まぁ、明日でいいか」

明日は、霊峰ガガジアへ向かう。そこなら、いくらでも『的』がいるだろう。

「訓練も、しないとな」

ハイセは、新しく生み出した銃をいじり出した。


翌日。朝食を食べ、ハイセとプレセアは東門へ。

「何度見ても、すごいな」

東門から見えたのは、『神聖大樹』の大樹ユーグドラシルだった。

思い切り見上げなくては全貌が見えないほどの大きさだ。たった今気付いたが、東門は大樹を巻き込むように設置されている。門の傍にはエルフの守衛が二人いた。

ハイセは、冒険者カードと、ガイストの手紙を守衛に見せる。

「S級冒険者のハイセだ。ハイベルグ王国からの依頼で、霊峰ガガジアに入る。この先に行かせてくれ。ああこれ、俺の知り合いがおたくのところのクランマスターに、って」

確認したエルフが目を見開き、ペコペコして詰め所へ消えた。

それから数分後、慌てたように、初老のエルフがやって来る。

「こ、これはこれは。ガイスト様のお弟子様とは……お待たせして申し訳ございません。ささ、こちらへ」

「え？　ああいや、ここを通りたいだけで……手紙は、ガイストさんの知り合いだから、弟子の俺が通りますよって、教えておこうと思っただけで……」

「ささささ、どうぞどうぞ!!　クランマスターがお待ちです!!」

ちょっと面倒なことになったな。と、ハイセは思った。

ガイストは「力になってくれるかも」という意味で手紙を渡したのだが、特に助力は必要なかったので、「ガイストの知り合いです。この先に進みます」という意味合いで見せた。

だが、まさかクランマスターに呼ばれるとは思っていなかった。

「ささささ、さぁ!!」

「あ、ああはい。わかった、わかりました。用事あるんで五分だけなら」

初老のエルフの剣幕に押され、仕方なく付いていくことにした。

「……私、ここにいるから」

プレセアは、付いてこなかった。

四大クランの一つ、『神聖大樹』……その本部がどこにあるのか？　その答えは驚くべきものだった。

「まさか……この大樹が、四大クランの本部だったなんてな」

驚いたことに、大樹の根元に大きな門があり、その先に町があった。

正確には町ではなく、クラン『神聖大樹』に所属する冒険者チームたちの生活拠点だ。木の幹の中を開拓し、町のようになっている。ハイセを案内する初老の男性が言う。

「こちらは、F~D級の冒険者チームが住む区画。上層に上がれば上がるほど、高位のチームが住む区画になっています」

「すごいな……ちなみに、『神聖大樹』には、どれくらいのチームが在籍しているんですか？」

「ざっと、七百ですな」

これにはハイセも驚いた。このクラン一つで、巨大な森国ユグドラに持ち込まれる依頼の七割を受けられるらしい。直接持ち込まれる依頼はもちろん、冒険者ギルドが持て余す高難易度の依頼も受けるとか。

「さ、こちらへ」

「……これは？　狭いけど」

「昇降機でございます」

しょうこうき？　と、ハイセは復唱する。

案内されたのは、かなり狭い部屋だ。とりあえず入るとドアが閉じ……なんと、部屋が上に向かって動いていた。驚く間もなく、あっという間に最上層へ。

最上層はなんと、大樹の外。太い枝の上だった。枝には、まるで鳥の巣箱のような家がいくつもある。

「あれは、A級冒険者チームの拠点です」

「へぇ……すごい場所にあるな」

「そして、あそこにあるのが四大クランの一つ、『神聖大樹』のクランマスターである、アイビス様のお社《やしろ》でございます」

案内人の男性が指し示したのは、枝の先にある、一番大きな建物だった。

さっそく、案内人と向かう。すると、A級冒険者チームの拠点から、何人かの冒険者が出て来てハイセをジロジロ睨む。

「ダグラス老、そいつ誰？」

「アイビス様のお客人である。S級冒険者様だ」

「S級冒険者？　人間じゃん」

女性だけのエルフチームだ。全員美少女だが、ハイセを見る眼には侮蔑、嘲笑が含まれている。

なんとなく、ハイセは面白くない。

「あの、さっさと行きましょう。俺、早く霊峰ガガジアに行きたいし」

「はぁぁ？　あんたみたいな人間が、霊峰ガガジアに⁉」

ハイセは無視。案内人の男性を急《せ》かすが、女性エルフがハイセの肩を掴《つか》む。

「ちょっと、マジでどういう意味？　あたしらですら入る許可をもらえない霊峰ガガジアに、あんたみたいな人間が」

「あんたに関係ないだろ。ロシエ、悪いが急ぎだ。話ならあとでワシが聞こう」

「はい。ロシエ、悪いが急ぎだ。さ、行きましょう」


ロシエと呼ばれた女性はハイセから手を離す。そして、最奥にある社まで向かうと、大きな扉が勝手に開いた。

中に入ると、広く何もない部屋だった。だが──部屋の中央に、十二～十四歳ほどの少女が、座布団を枕《まくら》にして寝転んでいた。しかも、煙管《キセル》を咥《くわ》えて煙草《たばこ》を吸っている。

「おお、よく来たの。ガイストの弟子よ」

「……えっと、あなたが……S級冒険者の、アイビス様ですか？」

「うむ」

少女は起き上がる。真っ白なロングストレートヘア。綺麗なエメラルドグリーンの瞳《ひとみ》。胸にサラシを撒《ま》き、薄手の衣を着ている。が……薄いせいでいろいろ透けて見えてしまっている。

草や鉱石で作ったアクセサリーを付けた、どこにでもいそうなエルフの少女だ。

『無限老樹』アイビス。この世で最も高貴なエルフにして、最古のエルフの一人。

「ガイストは元気にしておるかの？」

「は、はい」

「ふっふっふ。手紙、読ませてもらったぞ。ワシへの挨拶《あいさつ》と、お前の手助けを頼むと、それと……手紙は渡すが助力は必要ないと言うかもしれん、ともな」

「………」

「はっはっは。図星か？」

「ええ、まあ……手紙を渡したのも、助力じゃなくて、ガイストさんの弟子である俺が、霊峰ガガジアに入るって伝えようとしただけですから」

「うむうむ。生意気で可愛《かわい》い小僧じゃの」

アイビスは笑い、灰皿に煙管の灰を落とした。

「ふふ、懐かしい……火薬の匂いがするのぉ」

「――!!」

「おぬし、異世界人……ではないの。ふむ」

「あの、火薬……銃を知ってるんですか？」

「もちろん。昔、その使い手と共に戦ったこともある」

これには、ハイセも驚いた。そして、思わず古文書を出し、アイビスに見せる。

「じゃあ、これ……知ってますか？」

「……これはこれは」

アイビスの眼が見開かれ――一瞬だけ、くしゃっと顔を歪《ゆが》めた。

まるで、泣き出しそうな子供のように見えたのは、ハイセの気のせい……ではないだろう。

「まだ、残っていたのか……」

「……知ってるんですね」

「ああ。あいつの、ノブナガの日記であり、記録じゃ」

「ノブナガ？」

「ああ。『神代・レオンハルト・信長』……この世界に転移してきた『日本人』じゃ」

「カミシロ・レオンハルト・ノブナガ……」

「ふふ、言いにくい名だのぉ」

アイビスは懐かしむように笑い、ハイセに「少し、見せてくれ」と言って本を手にした。

そして、懐かしむようにページをめくる。

「おぬし、ハイセだったな？　この文字……読めるのか？」

「ええ、少しだけ……」

ハイセは、この本を手に入れた経緯を話す。ハイセは『デザートイーグル』を手に出し、アイビスに見せた。

「それは銃……なるほど、おぬしはノブナガと同じ『能力』に目覚めたのか。目覚めた影響で、この『エイゴ』と『ニホンゴ』を読めるようになった、というわけか」

「たぶん。あの……その、ノブナガさんの本は」

「知らん」

「え」

「この本は、ノブナガにしかわからん字で書かれている。内容もワシは知らんし、こういう本があるということしかわからん。それに、能力についても、ワシは理解できんかったからな」

「そ、そうですか……」

もしかしたら、何かわかるかもと思ったハイセだったが、どうやら無駄骨のようだ。

本を受け取り、なんとなくページをめくると。

「……あれ？」

「む、どうした？」

「いえ、その……読めるページがありまして」

「ほう、それは興味深い。聞かせてくれんかの？」

「あー……」

「なんじゃ、駄目か？　金なら言い値で払おう」

アイビスが指をパチンと鳴らすと、案内をしてくれたダグラスが、大きな金貨の袋を持って現れた。

ハイセは一瞬ためらったが、アイビスが目をキラキラさせているので、恐る恐る読んだ。

「あの……気を悪くしないでくださいね」

「む？　いいから、早く聞かせておくれ」

「……じゃあ」

※※※※※

○月○日。
今日もアイビスが俺の腕にじゃれついてくる。

可愛《かわい》い。胸がふわふわして気持ちいい。今夜もたっぷり可愛がろう。

勝気で強気、お爺ちゃん言葉を使うロリっ子エルフ、こんな最高な嫁がほかにいるだろうか？　いやいない。俺のアイビスは世界で一番可愛い!!

趣味である銃の分解メンテをしていると、猫みたいにすり寄ってくるんだよなぁ。ネコミミとか、尻尾《しっぽ》とかプレゼントしたら喜んでくれるだろうか？

裸でネコミミと尻尾を付けてベッドに転がしたら……ああ、考えただけでもう!!

よし決めた。外で猫魔獣を狩ってネコミミと尻尾を作ろう。

ぐふふ、すっごくやる気が出てきたぜ。

※※※※※

「…………………………以上です」

「な、な、な……」

クソみたいな内容だった。読み上げたことを後悔し、ハイセは古文書を燃やしたくなった。

アイビスは真っ赤になる。

「あの、このノブナガさんとは、恋人だったんですか？」

「あわわわわわわ……っ!! きょ、今日はおしまい!! ワシの力が必要な時は声をかけろ!! はいおしまい!! ばいばいなのじゃ!!」

真っ赤になったアイビスに叩き出され、ハイセは社から出た。

「遅かったわね」

「……いろいろあったんだよ」

大樹から出ると、プレセアが待っていた。どこか疲れたようなハイセを見て首を傾げる。

だが、これで先に進める。

「行きましょう。目指すは、霊峰ガガジアの山頂よ」

東門から先へ進み、ようやく霊峰ガガジアへ向かえる。ハイセは、一度だけ大樹を見上げた。

「……人に歴史あり、か」

「あら、あなたがそれを使うなんてね」

「まぁ……言いたくもなる」

ものすごいタイミングで読めるページが増えたことといい、なんとなくだが、古文書には意思が宿っているような気がするハイセだった。


霊峰ガガジアの入り口は、『神聖大樹』による警備がある。

ハイセは、入り口を守る守衛に、王家からの依頼書を見せる。すると、守衛はニコニコしながら言った。

「ハイセ様ですね。クランマスター・アイビスから聞いています。さぁ、どうぞ」

「……ど、どうも」

ハイセは何となく、後ろを振り返る。

後ろには『神聖大樹』の大樹がそびえ立っているのが見える。つい先ほど、あそこでアイビスと話をしてまっすぐ向かってきたのだが、ハイセのことをどう伝えたのか気になった。

許可をもらい、さっそく霊峰ガガジアへ。

「ここに、『万年光月草』があるのか」

「山頂よ。行きましょう」

プレセアは、ハイセよりも速く歩き出した。ハイセも後に続く。プレセアは無表情だが、急いでいるのがわかった。すると、周囲から魔獣の気配を感じたハイセ。さっそく、新しい武器を出しておく。

「……形状、変わったわね」

「M4突撃銃《アサルトライフル》。新しく手に入れた……さぁて、威力はどうかな？」

ハイセは、上空から襲い掛かってきた巨大な鷲めがけて発砲する。

ボボボボッ‼　と、拳銃よりも大きな中間弾薬が発射され、鷲を穴だらけにする。

血が雨のように降《ふ》り注《そそ》ぎ、ハイセとプレセアは回避。ハイセは、マガジンを交換しながら言う。

「使いやすいし、威力も拳銃より高い。連射できるのもいいな……これはいい」

「……相変わらず、とんでもない威力」

M4は、ライフルや『デザートイーグル』よりも使いやすく、霊峰ガガジアに出てくる魔獣に楽々と対処できた。マガジンは無限に生み出せるし、連射すれば大抵の魔獣はハチの巣になって死ぬ。

ハイセの後ろには、援護しようと弓を構えるプレセアがいたが、出番はなさそうだった。

「魔獣、多いな」

「霊峰ガガジアは、ユグドラ領地内でも五指に入る危険地帯の一つよ」

「なるほどね。」

「ちなみに、『神聖大樹』はガガジアから降りてくる魔獣を討伐しているわ」

そういうものか。とハイセは納得した。

それから山道を進むと、周りが少しずつ霧に覆《おお》われ始めた。

「な、何……？　これ、霧？」

「みたいだな。おい、たぶん濃くなる。もっと俺に寄れ」

「……え」

「勘違いするな。的になりたくなければ、ってことだ」

プレセアは、ハイセの背中にピッタリとくっついた。

「お前、『精霊』だっけ？　この霧なんとかできないか？」

「……自分の周囲はなんとかなりそうだけど、それ以上は無理ね」

ハイセはM４を一度消し再び出す。すると、先程とは装備が変わっていた。

「よし、これなら」

ハイセが霧に銃口を向けると、レイル部分に細長い筒が装着されていた。そこのスイッチを押すと、眩《まぶ》しい光が放たれ、プレセアが驚く。

「あなた、魔法も仕えたの？」

「フラッシュライト。最近知ったんだけど、銃の装備もイメージで具現化できる」

「………そう」

よくわからないので、プレセアはとりあえず頷いた。

すると、ハイセがライトで照らした先に、真っ白な巨大ミミズが大きく口を開けていた。

「チッ、霧に乗じて近づき、丸呑《まるの》みするタイプか」

「つむぁ⁉」

ハイセの背後で小さな叫び。振り返ると、巨大ミミズがプレセアを丸呑みした瞬間だった。

ギョッとするハイセ。すかさず銃を構え、ミミズの頭部分に向かって連射。

『ボボボボボォォォ……』

「クソがッ‼　囲まれてやがる」

ハイセは白いミミズに囲まれていた。それだけじゃない。ミミズの数体が大きく口を開け、白い霧を吐き出していた。どうやら霧はミミズの仕業で、ここは連中の『狩場』のようだ。

「…………フン」

討伐レートS。ミストイーターワーム。

霧で誘い、集団で狩りをする霊峰ガガジアの固有種である魔獣が、ハイセに襲い掛かる。

「あいにくだけど、俺を食えると思うなよ」

ハイセは両手に『デザートイーグル』を具現化し、クルクル回転させた。

◆◆◆◆◆◆

「おい、しっかりしろ――……おい」

「…………ぅ」

　プレセアが眼を覚ますと、大きな背中に背負われていた。

「…………ぁ、れ」

「悪いな。ちょっと乱暴だったけど勘弁してくれ」

「……え？　ぁっ」

　プレセアは服を着ていなかった。そして髪が濡《ぬ》れ、ベッドシーツのような布で全身包まれ、ハイセに背負われていたのである。

　ハイセに背負われ、ハイセはゆっくりと山道を進んでいる。

「お前、あのミミズに飲み込まれたんだよ……ミミズは俺が全部始末した。で、食われたお前を、ミミズの腹を割って助け出した。服が溶けていたけど、身体は無事だった。すごいなお前……咄嗟《とっさ》に、自分の身体を『精霊』で覆ったのか？　身体がぼんやり光ってたぞ。で、服を捨てて、ミミズの粘液まみれだったから樽一個ぶんの水ぶっかけて、シーツで包んだ。あそこはミミズの狩場みたいだし、安全なところまで行くぞ」

「……どうして助けたの？」

ハイセがここまで長く喋《しゃべ》ったのは初めてだが、それよりもプレセアは気になった。

なぜ、助けたのか。ハイセはプレセアを背負ったまま、前を向いて言う。

「助けたい人、いるんだろ」

「………」

「俺がその人を助ける義理はない。でも、お前を助ければその人は助かるんだろ。だったら助けるさ……まぁ、その、お前が道中、いろいろ教えてくれたことも役に立ったし、その代金と思え」

「……ハイセ」

プレセアは気付いた。ハイセは不愛想でぶっきらぼうだけど、非情ではない。ただ、わかりにくく不器用なだけで、本当は優しいのだ。今もこうしてプレセアを救い、プレセアの負担にならないように歩いている。

プレセアの胸が締め付けられるように高鳴った。そして、無意識にハイセを包み込むように抱きしめる。

「ありがとう、ハイセ」

「……おう」

ふと、木々の切れ目から光が差した。霊峰ガガジアの山頂までもう少し。

そして――……それは唐突に現れた。

『クォォォォォ――――……ンンン!!』

日差しを一瞬遮《さえぎ》るほどの、巨大な塊が上空を通過し、山頂に向かって飛んで行った。

「な、なんだ……?」

「……ドラゴン」

一瞬で見えなかった。だが、その雄叫びは強烈だった。

霊峰ガガジア最強の魔獣、討伐レートSS+の危険魔獣が、山頂で待ち構えている。

すると、プレセアがハイセから降り、シーツをバサッと脱ぎ捨て全裸になった。

「なっ、おま」

ハイセが眼を逸らした。プレセアはアイテムボックスから着替えを出し、予備の装備を取り出す。

二十秒かからず、いつものプレセアとなり、力強くハイセを見た。

「私、先に行くわ。今のはドラゴン……たぶん、食事から戻ったんだと思う。食事から戻ったドラゴンが次にする行動は昼寝。つまり、万年光月草採取のチャンス。採取したら戻るから待ってて。その時に報酬を渡すから」

プレセアは、走り出すと近くの藪に飛び込んで消えた。

「あの馬鹿……ドラゴンを舐《な》めすぎだ!!」

ドラゴンと交戦経験のあるハイセにもわかる。ドラゴンは欲求に忠実だ。食欲、睡眠欲だけで生きているような生物であるが……馬鹿ではない。食事を終えたドラゴンは確かにすぐ寝るが、寝ている間も他の魔獣に襲われないよう、感覚は鋭敏なのだ。

「ったく、運動してばかりじゃねぇか——……っと」

すると、再び霧がハイセを包み込む……狩場から離れたはずなのに、ミストイーターワームが、地面からボコボコと現れ始めた。

「クソ……こんな時に‼」

◆◆◆◆◆

「——……急がなきゃ」

プレセアは走り、一瞬で木によじ登り、枝から枝へ飛び移りながら移動する。

魔獣は地面を移動するのが多い。なので、枝から枝へ飛び移れば、地上の魔獣に気付かれることなく高速で移動できる。

霊峰ガガジアに入ることはできた。後は、『万年光月草』を手に入れるだけだ。そうすれば、最後の材料が手に入る。

「霊薬エリクシール……待ってて、必ず」

ようやく、プレセアの目的を達成できる。

そして、急ぐこと二時間。ほぼ休憩を取らず、プレセアは山頂に到着した。

ドラゴンのねぐらであるのも確定した。地面が陥没している部分があり、そこに大量の魔獣の骨が敷き詰められていた。そして、奇跡が起きているのだろうか、昼寝をしているはずのドラゴンがいない。

「着いた……!!　万年光月草、万年光月草は……」

あったのは、見渡す限りある緑色の雑草だけ。プレセアは驚愕《きょうがく》する。

「そんな……おかしい、万年光月草は淡く発光する草なのに……!!」

周囲には、何の変哲もない草が生い茂っていた。プレセアは、がくりと崩れ落ちる。

「…………ああ」

最後の希望だった。万年光月草がないと、霊薬エリクシールが作れない。

プレセアの眼から、一筋の涙が流れた。

「……ごめんなさい、姉上」

そう、全身から力を抜いた時だった。空が黒く染まり、風が吹き荒れた。

「え——……」

夜になった？　違う。巨大な生物が上空から現れ、雑草の生い茂る山頂に着陸したのだ。

昼寝から起きて水浴びでもしていたのか、ドラゴンの身体が濡れていた。焦《あせ》りからプレセアは油断していた。

『グォルルル……』

それは濃い緑色をした、カエルのような生物だった。よく見ると斑《まだら》模様で、皮膚の色が違う。

口は大きく、喉のあたりが呼吸のたびにふくらみ、口の中には牙《きば》がない。獲物を丸呑みし、直接消化するタイプの魔獣。背中にはコウモリのような翼が生え、その大きさは全長三十メートルを超えていた。

グリーンエレファント・ドラゴン。冒険者ギルドの定めた討伐レートはＳＳ＋である。

国家崩壊の危機レベルであるレートがＳＳＳであり、その手前。巨大なカエルのバケモノのようなドラゴンが、ギョロギョロした眼でプレセアを見た。

「あ……」

プレセアは立ち上がり、剣弓を構える……が、勝てる気がしない。

ドラゴンは、ギョロギョロした眼でプレセアを品定めしているように見えた。

大きく口を開け、長い舌がビロビロと伸びる。

「くっ……!!」

プレセアは矢を番え、ビロビロした舌に向かって射る。

少しでも気を逸らせれば逃げられる。そう思っての攻撃だった……が。

矢は、舌に命中した。だが……刺さりもせず、弾力ある舌に弾《はじ》かれ落ちた。

「なっ」

これが威嚇、攻撃と理解したのだろう。

グリーンエレファント・ドラゴンは、ギョロギョロした眼をプレセアに定めた。

『ギュルォォォォォアァァァァァァァァ!!』

「ひっ」

腰が抜け、温かい液体が股間を濡らした。ガタガタ震えが止まらず、武器を落としてしまう。

SS+レートの怪物の威圧をその身に受け、プレセアは硬直してしまった。

舌が、ゆらりと動き、延びてくる。そして、プレセアの顔の近くで止まり……その舌が、裂けた。

パカッと裂けた舌は、まるで爪《つめ》のように見えた。

「──……姉さ」

姉を救えない。それだけが心残りだった。そして、プレセアの身体に舌が巻き付き──……。

バォン!!　という弾けるような音と共に、プレセアを絡《から》めていた舌が千切れ飛んだ。

「こんの、大馬鹿が!!」

ハイセが来た。その表情は、苛立《いらだ》ちに満ちている。

シャキッ、と、スライドを引いて次弾装塡《そうてん》。ポンプアクションというらしいが、ハイセにはどうでもいい。

先日出せるようになった武器。『散弾銃』だ。プレセアはハイセの登場に驚きつつ叫ぶ。

「逃げて‼　こいつはSS+レート、グリーンエレファント・ドラゴンよ‼」

「逃げない」

ハイセは散弾銃を向け、何度も発砲した。

バックショットという、中型の獣を狩る子弾がばら撒《ま》かれる。弾丸はドラゴンの身体に食い込むが、僅《わず》かな出血だけで致命傷にはならない。

「だったら」

ハイセは散弾銃を捨て、両手に『デザートイーグル』を持ち走り出す。

走りながら円を描くように連射。予想通り、グリーンエレファント・ドラゴンは鈍足だ。ハイセの動きに対し、ゆっくりと後を追うように旋回する。

「デカい的だ‼」

『デザートイーグル』を捨て、新たに生み出したのは短機関銃。

ドラム式マガジンを装備したトンプソン・サブマシンガン。本来は両手持ちの機関銃をハイセは片手に持つ。

「食らいやがれ‼」

バラララララッ‼　と、弾丸が放たれる。

かなりの反動だった。鍛えたハイセの腕でもブレて、照準が定まらない。だが、ドラゴンはデカい。むしろ、照準が定まらないことで、全身くまなく弾丸が突き刺さる。

『ギャォォォォォォォォン!!』

ドラゴンは大暴れし、地面をゴロゴロ転がる。

血で辺りが濡れ、雑草が枯れていく……ドラゴンの血は、劇薬なのだ。薬師が精製すると万病薬の元にもなると言われている。

弾切れになり、ハイセはサブマシンガンを捨てる。そして、M1873を持ち、頭めがけて引金を引く。レバーを引いて装塡し発射。レバーを引いて装塡し発射。レバーを引いて装塡し発射……何度か繰り返し、ドラゴンの頭に銃弾を叩き込むと、ドラゴンの頭から脳がドロドロ零《こぼ》れ落ち、ビクビクと痙攣《けいれん》していた。

ハイセはライフルを捨て、『デザートイーグル』を頭部に向けて何度か発砲。ようやく、動かなくなった。

「ふぅ……死んだか」

「……………うそ」

グリーンエレファント・ドラゴンが、死んだ。確かに、このドラゴンは鈍足だ。ハイセのやったように、円を描くように周りながら攻撃すればダメージは与えられる。だが……鈍足を補って余りある、防御力がこのドラゴンにはあった。

弾力性のある皮膚は、斬撃や刺突をほぼ無効化する。でも、ハイセの『銃』から発射される

『弾丸』は、ドラゴンの防御力を軽々と上回った。

「おい、無事か？　あー……悪い」

「……え？　あ」

ようやく、プレセアは自分の股間から湯気が立ち上っていることに気付き、顔を赤くした。


「なんで来たの。下で待つようにって……」

岩陰で、服を着替えながらプレセアが言う。服と下着の予備をたくさん持っていてよかったと、プレセアは安堵《あんど》していた。さすがに粗相したままでハイセの前に出たくはない。

ハイセは、岩に寄り掛かりながら言った。

「さっきも言ったろ。もう忘れたのか？」

「ふざけないで。案内の報酬はさっきもらった。助けられる覚えなんて……」

「ふざけてない。というか、お前が死んだら報酬もらえないしな。報酬のためだと思え」

ハイセは汗だくで、呼吸も乱れている……全速力で、走ってきたのだ。

プレセアを追い、プレセアを助けるために。

プレセアの胸が高鳴る。自分がどんどんハイセに惹《ひ》かれていることが止められない。

日が落ち、空が暗くなっていく。

ハイセの目の前には、グリーンエレファント・ドラゴンの死骸が転がっていた。ハイセが死骸をアイテムボックスに入れていると、プレセアの着替えが終わり岩陰から出てくる。

「とりあえず、今日はここで野営するか。血生臭いし、移動するか？」

「……………」

「ん、どうした？」

「あれ……光ってる」

雑草の一部が光っていた。プレセアは空を見上げ、確信する。

「そうか……日中はただの雑草だけど、夜になると光るのね。これが、万年光月草……」

「へぇ～、そうなのか」

「でも──……」

光が、すぐに消えてしまった。

グリーンエレファント・ドラゴンの血により大地が汚され、万年光月草が死に絶えていく。

プレセアは走り出し、まだ無事な万年光月草を探す……だが、全ての光が消えてしまった。

「そ、そんな……」

「……………ん？　おい、そこ」

だが、まだ輝いている万年光月草があった。血で濡れておらず、プレセアは丁寧に、迅速に、アイテムボックスから出したシャベルで根を傷つけないないように掘り、植木鉢に入れた。

植木鉢をそっと抱きしめ――……名残惜《なごり》しそうに、ハイセへ。

「ドラゴンを倒したのはあなた。これは、あなたのものよ」

「………」

「ここの万年光月草は全滅したけど……探せば、まだどこかにあるかもしれないわ」

ハイセは植木鉢を受け取り、アイテムボックスへ。

「よかったわね。これで、依頼達成よ」

こうして、ハイセの『万年光月草採取』の依頼は、達成された。

◆◆◆◆◆◆

一泊野営し、霊峰ガガジアを降り、山道入り口へ。

プレセアは、右手の親指に嵌《は》めている指輪型のアイテムボックスから大きな袋を取り出し、ハイセへ。

「これ、報酬よ。私の全財産……それと」『いたぞ!!』『……あ」

霊峰ガガジアの入り口に、大勢のエルフ兵士たちが集まっていた。ハイセが「いた?」というと、プレセアはバツが悪そうな顔をする。そして、兵士を掻《か》き分《わ》け、一人のエルフ男性が近づいてきた。

「ようやく見つけたよ、プレセア」

「……アドラ」

「まったく、世話を焼かせるね。いきなり置き手紙を残して消えるなんて」

「……姉上のためよ」

「わかっているさ。アルセラ様の病は、霊薬エリクシールでしか治らない。大まかな素材はほとんど集めたけど、最後の素材である万年光月草はこの霊峰ガガジアにあった。だが……今のガガジアは魔獣の繁殖期で、『神聖大樹』に所属している冒険者ですら入ることを禁じるほどの危険区域だ。世界を回って探したようだけど見つからなかったようだね……だがまさか、ハイベルグ王国からの許可を得た冒険者に同行して入山するとは思わなかったよ。それで……どうだった？」

「…………」

「……やはり、ね。霊峰ガガジアにもなかったのか。あっても、ＳＳ＋レートの魔獣がいる場所では、採取も不可能だろう。プレセア……もう、諦《あきら》めるしかないんだ」

「ッ……姉上を見殺しにしろと⁉」

「違う。助けられるならそれが定め。助からないならそれも定め。自然の掟《おきて》に従うんだ」

「それは……」

「きみは、抗《あらが》った。抗った結果がこれだ……これは、アルセラ様の定めなんだよ」

「……グレミオ義兄さんは」

「当然、抗ったさ。でも……今は、アルセラ様の傍で、最後の時を過ごすことを決めたようだ」

置いてきぼりのハイセ。口を挟むことができず、成り行きを見守っていた。

ハイセの視線には、アイテムボックスの指輪があるプレセアの手。その手は強く握り締められていた。

「プレセア。帰ろう……ボクとの結婚もあるんだ。ちゃんと、話をしよう」

そして、ようやくアドラの眼がハイセに向いた。

「きみは、S級冒険者のハイセだね？　報告があった。きみが、プレセアを霊峰ガガジアに連れ出したことに、間違いはないか？」

「ああ」

「彼女は、森国ユグドラの現王グレミオの妻、王妃アルセラ様の妹だ。そしてボクの婚約者でもある。知らなかったとはいえ、軽々しく接していい相手ではない。今回の件、何もなかったことにする。早々に立ち去ることだ」

「わかった」

「あ――……ハイセ」

ハイセは、プレセアを見た。そして――。

「まぁ、それなりに楽しかった。じゃあな――……プ、レ、セ、ア」

ハイセは、プレセアを見て優しく微笑《ほほえ》んだ。初めて名前を呼ばれ、プレセアの胸が温かな気持ちに包まれる。

プレセアの脇を通り、ハイセは歩き出す。

素直じゃない、不器用な少年が見せてくれた笑顔に、プレセアは何も言えなかった。

そして――……ハイセは軽く手を振り、その場から立ち去った。


森国ユグドラの王城に戻ったプレセアは、侍女たちに身なりを整えられた。

ドレスを着て、化粧を施され、王妃の妹として、森国ユグドラの王族としての姿になる。

婚約者のアドラは、満足そうにして、着飾ったプレセアに手を差し出した。

「美しい。さぁプレセア」

その手を取り、王城を歩く。使用人たちが頭を下げ、プレセアを敬う。そんな態度が、プレセアは苦手だった。

そして、王妃の部屋に到着する。ドアが開かれ、中にいたのは……寝たきりの王妃。プレセアの姉アルセラだった。傍には、森国ユグドラの王、グレミオもいる。

「……プレセア？」

「姉上……っ」

瘦せ細る姉を見た瞬間、プレセアは涙が止まらなかった。

アドラの手を振りほどき、グレミオの隣に来てアルセラの手を掴む。

「ごめんなさい、ごめんなさい……私、見つけられなかった。万年光月草、見つけられなかった……」

「………そう」

アルセラは、しゃがみ込んで泣くプレセアの頭を、そっと撫《な》でた。

「大丈夫。これが私の定めだから……」

「姉上……」

「グレミオ。この子をお願いね……」

「ああ……」

森国の国王グレミオ。彼も、アルセラのために悲しんでいた。

そこに王としての姿はない。一人の女を愛する、男の姿だけがあった。

アルセラは、小さく微笑んで言う。

「ね、プレセア。聞かせてくれない？　あなたが旅した西方や中央の話を」

「うん、いっぱい話すよ。あのね、お土産もあるの」

プレセアは、アイテムボックスを取り出す。そして、お土産を取り出そうと、アイテムボックスの異空間に手を入れた瞬間だった。

「――……え」

掴み、取り出したのは――……小さな、植木鉢。淡く輝いた、万年光月草だった。

「こ、これは……ま、万年光月草⁉　プレセア、そなた、万年光月草を見つけたのか⁉」

グレミオは、万年光月草をプレセアから受け取り、傍に待機していた側近に叫ぶ。

「至急、これを精製してエリクシールを‼」

グレミオは、プレセアの肩を抱いた。

「ありがとう、ありがとう……‼　プレセア、本当にありがとう‼」

「まさか、プレセア……はは、なんだそれは？　きみ、見つけてたんじゃないか。全く、人が悪いな……本当に、驚いたよ」

「あぁ……私、生きられるのね？　プレセア……」

グレミオが、アドラが、アルセラが喜んでいた。だが、プレセアは――……涙を流していた。

『まぁ、それなりに楽しかった。じゃあな――……プレセア』

ハイセは、プレセアの隣を通った一瞬で、万年光月草をプレセアのアイテムボックスに放り込んだのだ。

ハイセの、ほんの少しだけ見せた笑顔が、プレセアの心に残っていた。

◆◆◆◆◆◆

ハイセがハイベルグ王国に戻って数日後、ようやくハイセは冒険者ギルドに報告に向かった。

「依頼失敗とはな」

「…………」

「SS+レート、グリーンエレファント・ドラゴンとの戦い。ドラゴンの血によって、万年光月草が生える大地が汚染され、採取が不可能になった……そういうことか」

「ま、まあ……はい」

ハイベルグ王国、冒険者ギルド。ギルドマスターの部屋にて。

ハイセは、ガイストに霊峰ガガジアの顚末《てんまつ》を報告。報告するなりガイストは盛大なため息を吐いた。

「この依頼は王族からの形式上のものだ。失敗しても等級に影響はないが……やはり、成功するのが好ましいところではあるな。お前は、ただでさえ王女の同行を断ってるんだぞ」

「うぐ……」

誤魔化《ごまか》すように、ハイセは紅茶を飲んで顔を隠す。すると、新人受付嬢がノックもせずにドアを開けた。

「ハイセさんっ!!　グリーンエレファント・ドラゴンの素材、換金終わりましたぁ!!」

「ああ」

「えーと、眼球は綺麗な状態だったので金貨七百枚、体液もいい状態だったので金貨六百枚。合計金貨千三百枚になりますっ」

「わかった。じゃ、カードで」

「はいっ」

魔道具にカードをかざして入金。新人受付嬢はビシッと敬礼して部屋を出て行った。

「さて、ハイセ。これからお前はどうする？」

「とりあえず、変わらないですよ。難易度の高い討伐依頼を受けて、ダンジョンに挑む」

「ふ、そう言うだろうと思ってな。お前に依頼を用意した」

「お、いいっすね。どんな依頼ですか？」

「お前がユグドラに行っている間に発見された新規ダンジョンだ。ここの調査を頼む」

ガイストが差し出した依頼書を手に、ハイセは部屋を出た。

依頼を受け、ギルドの外に出ると――……。

「ハイセ」

「……なんでお前が」

プレセアが、ギルドの前に立っていた。

「独り言。姉上は回復したわ。あなたのくれた万年光月草で、エリクシールを作って飲んだら全快。今では公務に戻り、グレミオ義兄さんと仲良くしてる……大きな借り、できたわね」

「で、何か用か？」

「私、ユグドラの国王からご褒美をもらったの」

「話聞けよ……何か用か？」

「ご褒美は、王家からの除名。私は、ただのB級冒険者で、エルフのプレセア。ああ、姉上やグレミオ義兄さんはちゃんと家族だから安心して。アドラとは婚約破棄したけど」

「…………」

「借りは返す。ああ、仲間になるってわけじゃないわ。たまに話相手になったり、一緒に食事したり、寂《さび》しい夜は慰めてあげる。もちろん、あなたが満足するまで、永遠に」

「…………」

「仲間にはならないけど、たまに話できる相手になってあげるわ。これならいいでしょ？」

「……お断りだね」

ハイセは肩をすくめ、プレセアの脇を通り過ぎた。だが、プレセアはハイセの隣に立ち、付いてくる。

「ね、食事にしない？　ちょうどそこに、美味《おい》しそうなカフェがあるの。奢《おご》ってあげるわ」

仲間ではない話し相手。もしかしたら、悪くないかもしれない。

ハイセはため息を吐き、どこか嬉しそうなプレセアと一緒にカフェへ向かった。

時間は少し巻き戻り、ハイセが森国ユグドラへ向かった頃。

サーシャたちは順調に南下し、予定通り、野営可能な岩場へ到着した。タイクーンが地図にいくつもマークしているので、迷うことなく到着。

さっそく、サーシャの指示で野営の支度《したく》が始まる。

「野営!! ん～……なんて素敵な響きなのかしら!!」

「ミュアネ……いちいち感動しなくていい」

サーシャたちは、南へ向かう途中で野営をしていた。クレスにツッコまれ、ミュアネはムスッとする。

「レイノルド、タイクーンはテントの用意を、私は竈《かまど》を用意するから、ロビンとピアソラは食事の支度を始めてくれ」

食事は、全員で準備する。すると、ピアソラがため息を吐《つ》いた。

「食事の支度、だいぶ慣れてきたと思うけどぉ～……やっぱり準備って面倒。ねぇサーシャぁ～、そろそろ時間停止効果のあるアイテムボックス買わない？」

「ピアソラ、時間停止効果のあるアイテムボックスは高級だ。まだ手が出ない」

「ぶぅ～……ハイセがいた時は全部任せてたのにぃ」

サーシャは苦笑いする。確かに、ハイセがいた時は、全《すべ》てを任せていた。

だが……ハイセを追放し、『あの事件』が起きたあとは、全て自分たちでやるようにしている。テント張り、竈の準備、夕飯の支度と、最初はなかなかできなかった。

「おーい、こっちは終わったぜ。サーシャ、竈はオレがやるよ」

「ありがとう、レイノルド」

「ロビン、魔法で水を出す。鍋を」

「うん、ありがと、タイクーン」

すると、クレスが挙手。

「なぁ、オレたちにも手伝わせてくれ」

「食事の支度、やってみたいわ!!」

「そう？　じゃあ野菜切って。ふふ、切れるかしら？」

「む、ピアソラ、馬鹿《ばか》にしないでね。それくらいできるわ!!」

と、ピアソラから包丁をひったくるミュアネ。嫌な予感がしたが、案の定だった。

「いっだぁぁぁ!?」

ミュアネが派手に指を切り、騒然となるのだった。

ピアソラに治してもらい、なんとか夕食は完成。

焼いた肉を挟んだパン、野菜スープ、そしてデザートにカットした果物だ。

ミュアネは、目をキラキラさせる。

「お兄様、野営の食事!!　野営の食事ですよ!!」

「見ればわかる。まったく、興奮しすぎだ……」

「だって、ずっと夢だったんですもの」

サーシャは察する。人間界最大の王国であるハイベルグ、そのお姫様となると、食事も有名な料理人が手掛け、このような雑多な食事とは無縁だろう。

ミュアネは、パンにかぶりつく。

「ん、しょっぱぁ……でも、美味《おい》しいです!!」

クレスに頭を撫《な》でられミュアネは嬉《うれ》しそうだ。するとロビンが言う。

「はは、よかったな」

「仲がいいんですね、お二人とも」

「もちろんです。だってお兄様ですもの」

ミュアネが自慢げに言うと、クレスは苦笑した。

食事を終え、片付けをして、夜のティータイムとなる。茶葉を買い集めるのが趣味のタイクーンが、紅茶を全員分淹《い》れる。この時ばかりはピアソラも文句は言わない。全員、タイクーンの紅茶が好きなのだ。

「ふわぁ……おいしい」

「当然だ」

ミュアネがほっこりし、タイクーンは嬉しそうに眼鏡《めがね》を上げる。

サーシャは、全員に言う。

「では、交代で見張りをしよう。クレス、ミュアネは……」

「やるよ。な、ミュアネ」

「え、ええ……くぁあぁ、当然、です」

すでに欠伸《あくび》をしているミュアネ。すると、ロビンも大きな欠伸をした。

二人は最後の見張りにして、最初はサーシャとクレスの見張りとなった。

「くぅう、私がサーシャと一緒がよかったのにぃ!! なんでレイノルドとぉ!!」

「……そこまで嫌がらんでもいいだろ」

「ボクは一人で嬉しいね。静かに読書できる」

「「おやすみなさぁ〜い……」」

ミュアネ、ロビンが一緒のテントに入り、スヤスヤ寝てしまった。

タイクーン、レイノルド、ピアソラもテントに入り、クレスとサーシャが焚《た》き火の傍《そば》で並んで座る。

クレスが、焚き火に薪を足した。

「寒くないかい？」

「ああ。ありがとう」

サーシャは、鎧《よろい》を着たままだ。剣を手元に置き、焚き火の火をジッと見ている。

クレスは、聞いてみた。

「サーシャ」

「……ん？」

「君は、S級冒険者になって何を目指す？」

「決まっている。最高のクランを作り、最高のチームで『禁忌六迷宮』に挑む」

「……『禁忌六迷宮』か」

「ああ。誰《だれ》も攻略できない、世界に六つある最高難易度ダンジョン。発見から数千年経《た》つ今でも、その詳細は謎《なぞ》に包まれている。このダンジョンの攻略は、全ての冒険者の夢……私は、私の最高のチームで、このダンジョンを攻略したいんだ」

「……王家の書庫に、こんな話がある。『禁忌六迷宮』は、魔族が人間を滅ぼすために作った迷宮だ、と」

魔族。人類の敵にして、人間界と同等の広さを持つ『魔界』に住む種族。

「サーシャ、『禁忌六迷宮』に挑むということは、魔族とも戦うことになる。魔族は……『禁忌六迷宮』にある『秘宝』を狙《ねら》っている、って話だ……魔族と、戦えるかい？」

「ああ」

サーシャは、迷わず答えた。まっすぐな、力強い笑みを浮かべて。

ダンジョン、という迷宮が発見されたのが数千年前。

ダンジョンは大きさ、規模によって等級分けされる。最も低難易度のダンジョンが『初級』で、『中級』、『上級』、『最上級』、そして『特級』と分けられる。

そして、特級以上とされる六つのダンジョンを、『禁忌六迷宮』と呼ぶ。

なぜ、禁忌なのか？　簡単である……一度入ったら最後、生きて帰れないと言われているからだ。

そして、その六つのダンジョンとは。

地底に広がる大迷宮『デルマドロームの大迷宮』。

独自の生態系が形成される湖、『ディロロマンズ大塩湖』。

謎の磁場により感覚が狂わせられる、『狂乱磁空大森林』。

過去に一度だけ現れた空飛ぶ城、『ドレナ・ド・スタールの空中城』。

魔界にある謎の山脈、『ネクロファンタジア・マウンテン』。

そして、存在すら定かではない、伝承に存在する『神の箱庭』。

以上、この六つが『禁忌六迷宮』である。

挑戦可能なのは二つ。サーシャたちが向かっている南方付近。砂漠の国ディザーラが厳重に入り口を管理している『デルマドロームの大迷宮』と、ハイベルグ王国から西方に位置する、極寒の国フリズドの管理する『ディロロマンズ大塩湖』だ。この二つは場所が明確なので、誰でも挑戦ができる。

クレスは言う。

「挑戦するなら、万全を期した方がいい。少なくとも……今はダメだ。クランを作り、地盤を安定させ、全ての準備が整ってから……そうだな、きみが二十代前半くらいには、挑戦できるかもしれない」

サーシャは黙り込む……クレスの考えは、タイクーンと全く同じだった。

「明日は、オレとミュアネも戦闘に参加する。能力の説明をするから、陣形に組み込めるようにしてくれ」

「わかった。では、二人の能力は――」

タイクーンが起きてくるまで、二人は戦術について語り合った。

その後、見張りを交代し、サーシャはテントの中へ。

鎧を外し、髪飾りを外し、上着を脱いで下着を脱ぐ……均整の取れた美しい上半身が露《あら》わになった。

サーシャは、桶《おけ》に水を入れ、手拭いを絞る。そして、身体を丁寧に拭いた。

「ふぅ……」

大きな町に必ず一つはある公衆浴場。鉱山の町にもあるらしいので、町に到着したらぜひ行きたいとピアソラが言っていた。サーシャも、冒険者である以上、何日か風呂《ふろ》に入らない生活というものがあると知っているし、体験したこともある。だが……年頃の少女だ。できれば身体は清潔にしたい。

タイクーンも『毎日着替えはするように、汚れは精神的にも、体調面でも不都合しかない』と言っていた。

身体を拭き、髪を軽く拭き、新しい下着に着替え、寝袋に入った。

旅は順調に続いた。

最初はテンションの高かったミュアネも、徒歩での疲労からか口数が少ない。

町を三つ越えたあたりから、会話が少なくなっていった。

反対に、クレスは元気だった。趣味が植物観察ということもあり、珍しい植物や薬草などを採取し、自分用のアイテムボックスに入れては保存し、空いた時間で薬を調合している。

ピアソラがいるので、怪我《けが》や病気になっても魔法で治せるので必要ないが、『能力』ではない製薬スキルは、本来なら重宝されると言うと、「ただの趣味だよ」と苦笑していた。

予定通りに進み、鉱山の街手前の町で最後の補給をする。ミュアネは疲れ気味だった。

ここで、「帰りは馬車で帰ろう。だから行きは最後まで徒歩」というと、少し元気を取り戻した。同い年のロビンと違い、体力は年相応だ。

宿に入ると、ミュアネはすぐに寝てしまった。ピアソラはミュアネを見て困ったように言う。

「まったく、子供なんだから」

「そう言うな。冒険者ではない、王族なのだからな」

「もしハイセの方に付いていったら、どうなってたかな。ある意味、あたしたちと一緒でよかったかもね」

ロビンがそう言うと、サーシャが「確かに」と苦笑する。なんとなく、ピアソラは気になった。

「……サーシャ、あの男と、何かありました？」

ピアソラはハイセが嫌い……いや、大嫌いだ。なので、名前を呼ぶことはほとんどない。

「いや、特には……」

「……本当に？」

「ああ。いつか、ちゃんと謝罪し、やり直したいとは思っている」

「……ねえ、サーシャ。サーシャは……あの男に、恋愛感情はあります？」

サーシャは、少し顔を赤らめて苦笑した。

「わからない。ただ、ハイセのことは、他の男とは違う……と、思っている」

「……どんな風に？」

「私の後悔であり、今では目標……かな。私たちのせいで、ハイセの人生は変わった。その責任を取りたいと思うし、謝罪したいと思っている。私にとってハイセは特別な存在なんだ……その、なんといえばいいのか、よくわからない」

ピアソラは、どこか面白《おもしろ》くないようだ。すると、ロビンは言う。

「あたしは、今でもハイセに戻ってきてほしいな……」

「……あなた、あの男によく懐いてましたものねぇ。餌付けされた子犬みたいに」

「言い方!!　でもまぁ……ハイセ、優しかったもん。私の方が年下なのに、すごく気遣ってくれるし、こっそりおやつくれたり、作りたてのご飯の味見させてくれたり」

「餌付けではありませんか……まったく、あなたは」

「ふんだ。ね、サーシャ……こんな言い方はアレだけど、ハイセを追放した日に、あたしもチームを抜けてハイセと一緒に行こうとしたこと、今でも後悔してないからね」

「ああ、わかってる。だがお前は、戻って来た……いや、ハイセのために戻ったのだろう」

「……やっぱり、バレてた」

ロビンは、ベッドの枕《まくら》を抱いて顔を隠す。

「みんな、ハイセの追放に賛成してたから……あたしが抜けるより、チームにいるあたしが、みんなを説得した方がいいかなって」

「わかっているよ、ロビン」

「……あたし、サーシャも、ピアソラも、タイクーンもレイノルドも大好きだから……」

「ああ、知っている。ありがとう、ロビン」

「……うん」

ロビンは顔を赤らめた。ピアソラも、そっぽ向いて「ふん」と言う。

チーム『セイクリッド』の絆《きずな》は、とても深かった。


ようやく、『鉱山の街』が見えてきた。

緑が少なくなり、岩場が目立つ地形となる。街道は整備され、馬車が何度もすれ違う。ただ、馬車が運んでいるのは人ではなく、鉱石や石材。この鉱山の街リスタルで採取されたものだ。

町に到着し、守衛に冒険者カードを見せる。

「S級冒険者、『銀の戦乙女《ブリュンヒルデ》』サーシャだ。王家の依頼により、鉱山に住み着いたクリスタルゴーレムの討伐に来た」

「え、S級冒険者様!?　おお、ついに!!　ささ、どうぞ。まずは町長に取り次ぎますから!!」

案内されたのは町長の家。家に入ると、町長が出迎えてくれた。

「これはこれは、S級冒険者様。ようこそお越しくださいました」

「ああ。さっそく、いろいろ聞かせてもらいたい」

応接間に案内され、町長が説明を始める。

「二か月ほど前から、王家が所有する『クリスタル鉱山』に、クリスタルゴーレムが現れました」

「王家所有の鉱山か……」

タイクーンが眼鏡をクイッと上げる。

「はい。王家所有の鉱山では、この鉱山地帯で最も質のいい鉱石やクリスタルの原石が発掘されます。鉱山内に現れる魔獣『ゴーレム』も、常駐の冒険者で対応できるのですが……」

「……なるほどな。クリスタルを素材とする魔獣、クリスタルゴーレムが現れた。そういうことか」

サーシャは顎に手を当て考え、タイクーンに聞く。

「クリスタルゴーレム。討伐レートはSSだったか？」

「ああ。クリスタルゴーレムの身体はクリスタルで形成されている。高純度のクリスタルは、魔法と物理攻撃を弾く性質がある。クリスタルの耐久度を超える魔法や技で壊すしかないが……今回は、場所が鉱山だ。ボクの大火力魔法は使えない。ロビンの弓も刺さらないだろうし、サーシャの剣でも難しいだろう」

「ふぅむ、厄介だな。さすがSSレートの魔獣といったところか」

サーシャが考え込む。すると、ミュアネが挙手した。

「ね、忘れてないかしら？　アタシの『能力』」

自信満々のミュアネ。すると、タイクーンが「……なるほど」と呟いた。

「確かに、ミュアネの『能力』ならいけるかもしれない。そして、クレス」

「ああ、オレも同じことを考えていた」

「……いけるな。よし町長、鉱山内のマップがあれば見せてほしい」

町長がマップを広げ、タイクーンが鉱山内について質問をする。いくつか質問をして、頷《うなず》いた。

「いける。よしみんな、作戦を考えた。聞いてくれ」

タイクーンは、即興で考えた作戦を説明する。

「さすがタイクーンだな。私に異論はない」

「サーシャが言うなら私も!!」

「オレも構わないぜ」

「あたしも～」

「ふっふっふ。ついにアタシの出番ね。ね、お兄様!!」

「ああ。オレも、本気でやるよ」

「よし、決まりだ。サーシャ、いいか？」

「ああ。タイクーンの作戦でいこう」

こうして、チーム『セイクリッド』のクリスタルゴーレム討伐が始まった。


作戦が決まり、あとはクリスタル鉱山へ向かうだけ……だが、いきなり乗り込んで戦うというわけではない。当然のことだが、事前の準備が必要だ。町で補給と思ったのだが、もう日が暮れている。

宿を借りようと思ったが、町長が使っていない一軒家を貸してくれた。鉱山の町ではかなりの大きさの家で、なんと風呂まで付いていたのである。

公衆浴場ではない、一軒家に風呂が付いているのは、かなり稀《まれ》であった。

「町長から聞いたが、この鉱山の町リスタルの近くに、温泉が湧《わ》いてるそうだ。公衆浴場も温泉で、この家の風呂も温泉らしい」

「「「温泉ッ!!」」」

ピアソラ、ミュアネ、ロビンが同時に叫んだ。びっくりするタイクーン。ズレた眼鏡を直して続ける。

「源泉にパイプを引いて、直接送っているそうだ。この辺りは鉱山で鍛冶《かじ》用の鉱石採掘をするドワーフも多いし、そのドワーフたちがパイプを引いたのかもしれん。そういう技術に関してドワーフは超一流だ」

「ね、温泉行かない⁉」

「当然‼」

「行きますわ‼」

「……お前たち、ボクの話を聞いているのか？」

三人はもうタイクーンなど見ていない。温泉のことしか見えていなかった。すると、レイノルドが言う。

「温泉、その部屋みたいだぜ。ドワーフ族の装飾品、『ノレン』が掛けてある部屋だ」

「行きますわよ‼　ミュアネ、ロビン、サーシャ‼」

「「おう‼」」

「わ、私はまだいい。話の途中だしな」

珍しく、ピアソラはサーシャを気にすることなく温泉へ突撃……タイクーンは驚く。

「ピアソラがサーシャを置いて温泉に行くとはな……」

「あ、あはは。なぁレイノルド、きみたちはいつもこんな感じなんだな……同行して日は浅いけど、本当に退屈しないよ」

「褒め言葉として受け取っておくぜ……」

「……ふぅ」

サーシャがため息を吐き、自分の肩をもんだ。

「とりあえず、今日はここまでにしよう……クリスタル鉱山の位置は確認したし、補給もあるからすぐには鉱山に入れない。それに、我々の疲れも癒《い》やさないといけない」

「だなぁ……確かに、少し疲れたぜ」

「……作戦決行は三日後くらいか。サーシャ、レイノルド、クレス、どう思う？」

「私はそれでいい」

「オレも」

「オレもだ。というか、プロに任せるさ」

ここまで話を終え、全員が力を抜いた。レイノルドは、クレスの肩をガシッと組む。

「クレス、でっかい街だし、久しぶりに外で飲もうぜ。庶民の飲み方を教えてやる」

「い、いいのか？　三日後に鉱山に入るんだろう？」

「だからこそ、今のうちに英気を養うんだよ。な、サーシャ」

「ああ。クレス、楽しんでくるといい。レイノルドと飲むのは楽しいぞ」

「おいタイクーン、お前も」

「ボクは遠慮しておく。まずはこの町の図書館って、おい⁉」

レイノルドはタイクーンと肩を無理やり組んで引きずっていく。

「サーシャ、ちょっくら友情深めてくるわ」

「ああ」

「ま、待て!!　ボクはキミと深めるような友情を持った覚えは!!」

「いいね、こういうの。城じゃ味わえないぞ」

男三人は行ってしまった。サーシャは一人になり、大きく伸びをした。

「私は……」

温泉への入り口をチラッと見る。

『ほらほらミュアネ、逃げないの。ごしごし～!!』

『きゃぁぁ!?　ちょ、ロビン、どこ触って……ぁんっ!!』

『小さいと敏感とは聞きますけど、その通りですわねぇ』

『あ、あなた!!　自分がデカいからって……このこのこのっ!!』

『あぁん!!　そこに触れていいのはサーシャだけぇ!!』

『ちょ、泡!!　泡が口の中にぃ!?　ピアソラ、ミュアネ、やめっ!?』

何やら大騒ぎだった。今行くと、面倒なことに巻き込まれそうな気がする。

「……少し、散歩しようかな」

サーシャは剣だけ背に差し、鉱山の街を歩く。

「町の方は賑《にぎ》わっているな……」

鉱山の街リスタル。イメージでは、炭鉱夫やドワーフ族が多く生活し、町中も雑多なイメージだった。

だが、意外にも歓楽施設や飲食店が多い。ドワーフ族の工房や武器防具屋、鉱石を加工したアクセサリー屋などが多く、その次に多いのは道具屋に宿屋。飲食店も非常に多く、飲食店の七割が酒場がメインのようだ。

町の中央に行くと、観光案内所まであった。

サーシャは、町の観光マップを買い、店の案内人に聞いてみた。

「ここは、観光地でもあるのだな」

「ええ。ドワーフ族の職人が多く住むから、遠方からわざわざ武器や防具の制作を依頼しに来る冒険者さんが多いんです。さらに、ここは砂漠の国ディザーラへの中継地点でもありますし、温泉もあるから、立ち寄る方が多いんですよ」

マップを片手に、サーシャは一人で歩く。

『ね、サーシャ。冒険者になったら、いろんな町に行って冒険しようね』

思い出すのは、今の仲間ではなく……ハイセの言葉。今を共に過ごす仲間の言葉より、幼いころのハイセとの約束を一番に思い出し、サーシャは「ククッ」と笑う。

「まだ、未練があるのかな……」

そして、思い出すのは……認定式での言葉。

『俺《おれ》とお前の夢なのに、お前だけで叶《かな》えて何になる？　それは……お前の夢なんだよ。俺を言い訳に使うんじゃねぇ』

思い出すたびに、胸が痛い。全くもってその通り。傲慢にもほどがある。

サーシャがすべきことは追放ではなく、ハイセと共に戦い、その『能力』が何なのかを一緒に解明することだったのではないかと、思えてならない。

「……もう、過ぎたことだ」

あんな謝罪、ハイセが受け入れるわけがないと、サーシャは気付いた。

だから、追放した責任を取るのではない。追放し、道を違えても、後悔せずに突き進む。いつかまた道が交わる時、本当の意味でハイセに謝罪をする日がきっと来るから。

その時にもう一度謝ろうと、サーシャは決めていた。何を要求されても、受け入れるつもりでいた。それまで、ハイセに負けないような冒険者になる。そのために戦い続けることを、サーシャは決めていた。

地図をいつの間にか握り締めていたことに気付き、慌てて手を緩めていると。

「さぁさぁ!!　ここにあるのは鉱山で発掘された希少金属!!　ものすごく硬い『黒玉鋼《くろたまはがね》』だ!!　こいつを少しでも傷つけられるやつはいないかい!?」

公園で、何かイベントが行われていた。近づくと、大きな台の上に黒い岩が置いてあった。

直径一メートルほどの真っ黒な石だ。巨大なハンマーを持った大男が、ハンマーを振りかぶって振り下ろす。轟音《ごうおん》が響くが、ハンマーで叩《たた》きつけられた黒玉鋼は削れもしない。

「こいつを壊せたら金貨一枚‼　さぁさぁ、腕っぷし自慢はいないかい⁉」

「やるぜ‼」

と、出てきたのは少年だった。手には剣を持っている。仲間らしき少女二人と少年一人が応援していた。

少年は、剣を掲げる。

「おれの能力は『剣士《ソードマン》』‼　まだ冒険者になったばかりだけど、これから最強のチームを作る予定だ‼　応援してくれよ‼」

歓声が響く。「いいぞ、兄ちゃん‼」や「若いっていいねぇ」など、ドワーフ族や炭鉱夫などが応援している。少年の仲間は恥ずかしいのか、うつむいて頬《ほお》を染めていた。

「とりゃぁぁぁ‼　──あ」

勢いよく振り下ろした剣は、黒玉鋼に触れた途端にボキンと折れた。

「お、お……おれの『聖なる白銀の神剣《ホーリーライト・ゴッドブレード》』があぁぁぁぁぁっ‼」

どう見てもただの『鉄の剣』だが、ぽっきり折れてしまった。

がっくり項垂《うなだ》れた少年を、仲間の少年少女が引っ張り台から下ろす。

「残念だったねぇ‼　さぁ、次の挑戦は‼」

「私がやろう」

サーシャが、手を上げた。そして、壇上へ。

「これはこれは……なんともまぁ、すごい美少女!! 次の挑戦者は、美しい銀髪の少女だぁ!!」

サーシャの美しさに、一瞬だけ場が支配された。サーシャは、チラッと少年のチームを見る。

「十二歳、十三歳くらいか。ふふ……懐かしいな。私も、こういう催し物を見て、憧《あこが》れたものだ。少しでも……彼らが、感じてくれたら」

「さぁさぁ!! どうぞ!!」

シュッ、と短く息を吐き、サーシャは剣を抜いた。

手がブレた。風が起きた、この場にいた者は、数名を除いてそれくらいしかわからなかった。

すると、黒玉鋼が砕け散った。熟練の冒険者だけがわかった。サーシャは剣を抜き、二十二回ほど斬撃を叩きこみ、剣を鞘《さや》に納めたのだ。その間、僅《わず》か一秒……ほとんど、誰にも見えなかった。

解説者は、砕け散った黒玉鋼とサーシャを交互に見る。

「金貨は、あの子たちにやってくれ。未来への投資だ」

「え、あ、あの」

ポカンとする会場。サーシャは壇上を下り、その場を後にした。

「さて、そろそろ帰るか。私も温泉に入ろうかな」

サーシャは、大きく伸びをして仮宿まで歩くのだった。

◇◇◇◇◇◇

「ふぅ……」

サーシャは、一人で温泉を堪能していた。

ピアソラたちは長湯し、温泉から出ると同時にベッドへダイブ。そのまま寝てしまったのである。

レイノルドたちはまだ戻ってきていない。恐らく、二軒目、三軒目と久しぶりの酒場を満喫しているのだろう。

「ここの温泉、とろみが強いな……だが、それがいい」

トロッとした温泉は少し熱い。だが、サーシャにはちょうどいい。

温泉から上がった後は、冷たい果実水でも飲みつつ、剣の手入れをしようと思っていた。

温泉から上がり、リビングへ行くと。

「おぉ～っす、サーシャぁ、今日も美人だねぇ～……うぃっく」

「うう、もう飲めない……」

「眼鏡……ぼくの眼鏡ぇ」

レイノルド、クレス、タイクーンが酔いつぶれた状態で玄関に転がっていた。

仕方ないので、サーシャがベッドまで運ぶ。『ソードマスター』に覚醒《かくせい》してから身体能力が強化されたので、大人を担《かつ》いで運ぶ程度は朝飯前。レイノルドたちを部屋のベッドに放り投げ、サーシャはリビングで剣の手入れを始めた。

汚れを落とし、油を塗る。それだけの作業。過去、A級冒険者になって討伐した『シルバーレイ・ドラゴン』の牙《きば》から作った、自慢の剣だ。

「真面目《まじめ》だね、サーシャ」

「……クレス？　寝ていたんじゃ」

「酔い覚ましの薬草を噛《か》んだら、すぐによくなったよ」

クレスは薬師の才能も有る。回復職がいなければ他のチームに引っ張りだこだろう。

サーシャの前に座り、作業を眺めている。

「見てもつまらないぞ？」

「そんなことないさ。サーシャ、キミは……剣を持つ姿が、本当に美しいな」

「え？」

「魅力的、ってことさ」

「ふ、からかうな」

「からかっていない。本心さ」

クレスは笑った。サーシャは、からかわれていると感じたのか、クレスに言う。

「クレス。お前は王子だろう？　私なんかより、社交界に出てる令嬢の方がよっぽど美しいと知っているはずだ。私は教養もない平民だし、剣を振るうことしかできないからな」

「それが魅力的なんだ。着飾らない、素のキミが美しい。そう思ってる」

嘘《うそ》偽りのない賞賛と気付いたのか、サーシャは少しだけ頬を染め、そっぽを向く。

「サーシャ、キミはこれからクランを作り、『禁忌六迷宮』に挑む予定だよな？」

「ああ、その通りだ」

「キミならきっとクリアできる。で……その後の予定は？」

「……その後？」

「迷宮を一つでもクリアすれば、キミの名は世界に轟《とどろ》く。クランの加入希望者は増えるだろうし、キミのクランは四大クランを超えるクランになる。キミ自身が戦わなくても、一生安泰だろう。オレが聞きたいのは、冒険者引退後の話さ」

「急に言われてもな。クランすら作っていないのに、終わった後のことなど、考えていないよ」

「なら――その先の人生、オレが予約してもいいか？」

クレスは、真面目な表情で言った。

「サーシャ、全て終わったら……オレと結婚しないか?」

サーシャは、剣を磨いていた布をポロっと落とした。

「返事はいつでもいい。明日でも、数年後でも、引退してからでもいい。しっかり考えて決めてくれ」

「ま、待て。いきなり何を」

「オレさ、社交界で着飾っている女性より――サーシャみたいに、全力で輝こうとする女性が好きなんだ。サーシャは、オレの理想そのものだ」

「ま、待て待て。冗談は」

「冗談じゃない」

まっすぐな眼だった。サーシャは、熱意ある瞳《ひとみ》に射抜かれ、真っ赤《か》になった。

どストレートな告白など、初めてだったのである。

「い、いきなり、言われても」

「だから、返事は焦《あせ》らないさ。オレの気持ちを知ってほしかっただけだ」

「……ぅ」

「悪いな、混乱させるつもりはない。じゃ、オレは寝るよ。明日は買い出しだろ? おやすみ、サーシャ」

クレスは、軽く投げキッスをして部屋に戻った。

残されたサーシャは、剣を磨いていた布を拾い、ため息を吐く。

「……クレス、私をそんな眼で視《み》ていたのか……わ、私が輝いているだと？」

『サーシャは、キラキラしてる。ぼくの理想だよ』

「――えっ」

ふと、昔を思い出し……サーシャは、首をブンブン振るのだった。

◇◇◇◇◇

翌日。食材買い出し担当のサーシャ、ロビンの二人は、食材を買い込んでいた。

持てる物は持つ、歩けるなら歩く、できることは自分でやる。がモットーの『セイクリッド』だが、例外もある。一応、チーム専用のアイテムボックスもある。容量も大したことのない安物だが、今回はこの中に食材などを入れていた。ロビンは、買った干し肉をアイテムボックスに入れながら言う。

「ねーサーシャ、アイテムボックスもっといいの買おうよぉ」

「まだまだ使えるだろう？　無駄はできない」

「でもでも、このアイテムボックス、クレスの個人的なやつよりも容量少ないし――……初めて買ったやつで大事にしたい気持ちはわかるけどさぁ」

サーシャは思い出していた。このアイテムボックスは、ハイセが選び、サーシャとハイセが二人で貯《た》めたお金で買った、初めてのアイテムボックスということを。

仲間たちは知らない。まだ、二人だけで活動していた時のアイテムボックスだ。

サーシャにとって、とても大事な物でもあった。が——ロビンに言われて思った。いつまでもこだわり続けるのも、仲間に悪いと。

「ね、サーシャ……何かあった？」

「えっ……なな、何か、とは？」

「めっちゃ動揺してんじゃん……」

ロビンは、買ったばかりのリンゴを取り出し、腰に装備しているナイフで半分にカットする。半分をサーシャに差し出し、豪快にシャリッと齧《かじ》る。

「愛の告白でもされた～？」

「ブッっふ⁉　なな、なんで知ってる⁉」

「え………マジなの？　冗談だったのに」

墓穴。サーシャはリンゴを齧り、そっぽを向く。

昔からの癖《くせ》だ。サーシャは、都合が悪くなったり、恥ずかしくなるとそっぽを向く。

「ピアソラが知ったら発狂するかもねぇ～」

「か、からかうな……全く、もう」

「で、誰？　クレス？」

「ブッ⁉　おま、見ていたのだろう⁉」

「いや冗談……サーシャ、わかりやすいね。まー確かに、ここ最近、クレスってばサーシャのことばかり見てたよねぇ」

「え……」

「気付いてないの、サーシャくらいだよ？　ミュアネも『お兄様……まさか』なんて言ってたし」

「…………」

「サーシャ、後悔だけはしないようにね」

「こ、後悔……？」

「いつかわかるとき、来るよ」

それだけ言い、ロビンは残ったリンゴをシャリッと食べた。


全ての準備が整い、サーシャたち『セイクリッド』は、仮宿での最終確認を終えた。

そして、防具屋に依頼してしっかりと磨いた鎧を着たサーシャが、全員に言う。

「これより、クリスタル鉱山へ向かう。討伐対象はクリスタルゴーレム。道中の魔獣も排除しつつ進む。作戦はすでに伝えた通りだ……クレス、ミュアネ、覚悟はいいか？」

「当然。日は浅いけど、『セイクリッド』のメンバーとして貢献させてもらう」

「アタシも、大丈夫です!!」

「よし……では、レイノルド、ピアソラ、タイクーン、ロビン。いつも通りに行くぞ」

「「「「了解」」」」

「では、チーム『セイクリッド』……これより、依頼を遂行する!!」

サーシャたちは、クリスタル鉱山に向かって歩き出した。

クリスタル鉱山に入るなり、タイクーンが説明する。

「このクリスタル鉱山は他国への献上品を作る時にのみ採掘が許可される、鉱山の街リスタルで最も上質な鉱石が採掘される場所だ。常に王国兵士による巡回と警備の態勢が敷かれ、無断で立ち入ったり採掘をした者は問答無用で『処刑』される。通常の冒険者が入ることなど、一生の人生であるかどうか言われたら、まずないな」

「そんな鉱山に、あたしたち入っちゃったんだね……」

ロビンがゴクリと唾を飲み込み、周囲をキョロキョロ観察する。すると、クレスが「あはは」と笑った。

「オレも、一度しか来たことないな。まだ五歳だったっけ……退屈で、同行した騎士に『早く帰ろう』なんて、駄々こねたっけなぁ」

「お兄様に、そんな過去があったなんて」

ミュアネは驚いていた。ここで、タイクーンがため息を吐く。

「全く……もう鉱山内だぞ。無駄なおしゃべりはするな。ロビン、お前も斥候《せっこう》の役割を果たせ」

「はーいっ」

ロビンが先に進んだ。弓士《アーチャー》であるロビンだが、戦闘前は『斥候』としてチームの先を行く。

ロビンの能力は『必中《フェイルノート》』である。

ロビンが視認した物に『マーキング』して矢を放つと、マーキング部分に必ず命中する能力だ。この『マーキング部分』はロビンしか視認できない。射程距離はロビンが視認できる距離、そして矢が届く位置までだ。

弓士として最高の能力だが、それに慢心することなく、持ち前の身軽さを徹底的に鍛えた。隠形《おんぎょう》、気配察知、周辺地域把握能力は、チーム随一。誰よりも早く地形を把握することで、弓士として活躍するために最も適した場所に陣取ることができる。

サーシャは、そっと壁に触れた。

「クリスタル鉱山……不思議な輝きだ」

クリスタル鉱山内の通路は、天井《てんじょう》も高く左右も広い。そして、ところどころで剝《む》き出しになっている透明なクリスタルの結晶が淡く輝いているため、非常に明るい。まるで昼間のようだ。

　タイクーンが言う。

「ここのクリスタルは純度が低く、装飾品には向かないそうだ。まぁ、ここ以外のクリスタル鉱山ではかなり純度が高い部類に入るが」

「そうなのか？　じゃあ、この辺のクリスタル何で残ってんだ？」

　レイノルドが首を傾《かし》げる。タイクーンは、眼鏡をクイッと上げる。

「見ての通り、装飾品には向かないが、光源として使い道がある。奥に進めば高純度のクリスタルがいくらでも採掘できるからな。わざわざランプの代わりになっているクリスタルを採掘する必要がない」

「ほー……そういうことかい」

　すると、黙っていたピアソラが言う。

「クレス‼」

「うわっ、びっくりした……な、なんだい？」

「お願いいたします。ここのクリスタル、少しでいいから分けてくださらない？　ククク……高純度のクリスタルを売れば、時間停止効果のあるアイテムボックスを買える……‼」

「別にいいけど……」

「やったァァァァっしゃぁぁぁぁぁ‼」

豪快に喜ぶピアソラ。クレスは苦笑していたが、ミュアネの様子がおかしいことに気付く。

「ミュアネ、どうした？」

「い、いえその……アタシ、あまりこういう洞窟とか、狭いところは」

「ああ〜……そういや、そうだったな」

「む？　ミュアネ、どうしたのだ？」

「ううん、なんでもないの」

ミュアネは首を振り、レイノルドの隣で歩き出す。すると、クレスがサーシャの隣に。

「サーシャ……実はミュアネ、こういう洞窟が苦手なんだ。悪い……言い忘れていた」

「気にするな。ミュアネに付いていてやってくれ」

「ああ」

「…………」

「ん？　どうした？」

「あ、いや……なんでもない。うん」

「ふ、まさかサーシャ、オレに見惚《みほ》れてたのか？」

サーシャはそっぽを向き、タイクーンの隣に移動し歩き出す。

「な、なんだ？　サーシャ」

「なんでもない!!」

「あ、ああ……」

タイクーンは、小さく首を傾げた。

洞窟を進むこと五分、ロビンが戻ってきた。完全に気配を殺し、いつの間にかいる。チームでも、気配を殺したロビンに気付けるのはサーシャだけ。隠密技術だけならS級レベルの実力を持つロビンは、戻るなり言った。

「いる。クリスタルゴーレム」

「数は？」

「七。でも……妙なの」

「妙だぁ？」

レイノルドが言うと、ロビンは「うん」と頷く。

「ここから百メートルくらい奥に、鉱石採掘場があるの。天井もすごく高いし、休憩用の小屋とか水場とかもある。そこに七体いるんだけど……妙に統率が取れてるの」

「……統率だと？」

タイクーンが眼鏡を上げる。

「うん。二体は採掘場内を監視するように動いて、二体は採掘場奥の加工場かな？　そっちの入り口を守ってる。残り三体は採掘場内を監視するように立ってるだけ……まるで、何かを守っているみたい」

「魔獣にそんな知能が？　おかしい……ゴブリンは三歳児程度の知能を持つ魔獣と言われているが、ゴーレムは鉱石や岩石が突然変異を起こし魔獣化しただけの存在だ。意思などない、目の前にいる敵だけを倒すようなモノだぞ」

　サーシャが先頭に立ち、チームは進む。そして、採掘場の中心に到着。入り口から様子を窺《うかが》う。

「……かなり広いな」

　採掘場内は広かった。半円形のドーム状で、休憩小屋、水場、そして採掘で使う道具が散乱している。

　サーシャたちのいる位置から反対側に、奥へ続く道がある。そして、採掘場内を巡回する二体のクリスタルゴーレム。奥の道を塞《ふさ》ぐように立つクリスタルゴーレムが二体。監視するように三か所に分かれて立つクリスタルゴーレムが三体。合計七体のクリスタルゴーレムがいた。

「一体でも厄介なのに、七体とはな……」

　タイクーンがボソッと言う。

「サーシャ、作戦は？」

「当然――変更は、ない‼」

　ボッ‼　と、サーシャの身体を闘気が包み込む。

　そのサーシャの肩を、クリスがポンと叩いた。

「『倍加《ダブル》』!!」

するとサーシャの隣に『もう一人のサーシャ』が現れる。

クリスの能力、『倍加』は、触れたモノを二倍にする。二倍にしたものに触れればさらに倍に増やすことが可能だ。一見、地味な能力に見えるが……サーシャが二人いるだけで、かなりの戦力となる。

そして、ロビンが矢を数本取り出し、ミュアネへ渡す。

「お願い!!」

「うん!!」

ミュアネが矢を握ると、矢が赤く発光する。飛び出したサーシャに合わせて矢を放つ。

矢は、クリスタルゴーレムの一体に命中し、爆発《ばくはつ》を起こした。衝撃で、クリスタルゴーレムの腕が砕け散る。他のクリスタルゴーレムが一斉に起動した。

「ふふん、これが私の能力なんだから!! さぁ、みんな爆破《ばくは》してあげる!!」

ミュアネの能力、『爆発化《エクスプロージョン》』。

力を込めた武器に『爆破』の属性を持たせることができる。触れた時間が長ければ長いほど爆破の威力が増す。

剣などにも爆破を付与できるが、使用者もダメージを受けるので、飛び道具に込めるのが一般的である。

「ふふ、二人とも頼もしいな」

サーシャは、サーシャ（分裂体）と共に、クリスタルゴーレム討伐に向かった。

サーシャが二人。戦力は二倍……どころではなかった。

「『銀閃剣、『蓮刃』!!』」

銀色の斬撃が同時に放たれ、クリスタルゴーレムの一体が砕け散る。

さすがのサーシャも、一人ではクリスタルゴーレムの防御を突破するのに時間がかかる。だが、サーシャがもう一人増えたことで、クリスタルゴーレムの防御を軽々と突破できるようになった。

「恐ろしく頼もしいな……」

タイクーンが冷や汗を流す。ロビンも、援護をしようと矢を番《つが》えていたが、最初の数発だけでもう必要がない。

「サーシャ、やっばぁ……無敵じゃん」

そして、盾を構えて仲間を守るレイノルドが言う。

「よく見とけ。あれがオレらのリーダーだぜ」

「あぁぁん!! サーシャ、本当にカッコいい!! もう、素敵すぎて……はうぅぅっ!!」

ピアソラの興奮が怪しかったが、仲間たちは全員無視。

それから、三分しないうちにクリスタルゴーレムが七体、破壊された。

サーシャが剣を鞘に納めると分身が消える。そして、レイノルドたちの元へ。

「終わったぞ」

「サーシャ、素敵《すてき》っ!!」

「っと……ピアソラ、まだ敵がいるかもしれない」

抱きつくピアソラを引き剝《は》がし、サーシャはクレスに言う。

「『倍加』か……素晴らしい能力だ」

「ありがとう。だが、一度倍加したものは、一日経たないと再び倍加できない弱点もある」

「ねーねー、ごはんとかも倍加できる?」

「できる。ちなみに、倍加した食物は、食べると固定されて消えないよ。理由は不明だけどな」

「……すっげぇ便利な『能力』じゃねぇか。うちの正規メンバーで欲しいぜ」

だが、それは難しい。今回はあくまで、S級冒険者に同行するという、王族の依頼だ。

「むぅ……もっとアタシの能力、活躍させてほしいかも」

「あはは。あたしの援護、ほとんどいらなかったもんねぇ」

「ボクの魔法も必要なかったな」

「私は、余計な治療をせず助かりましたけどね」

すると、レイノルドが砕けたクリスタルゴーレムの身体の一部を手にして言う。

「なぁなぁタイクーン。魔獣の素材はオレらのだよな？」

「ああ。それは変わっていない」

「っしゃ!!　へへへ、クリスタルゴーレムの身体も、立派なクリスタルだ。こいつをギルドに売れば、いい金になるぜ。おいお前ら、早く集めろよ!!」

レイノルドたちはクリスタルの欠片《かけら》を集め、クレスのアイテムボックスに入れた。

タイクーンは息を吐く。

「ふぅ……とりあえず、依頼は完了だ。撤収しよう」

「待て、タイクーン」

サーシャが止めた。視線は、奥にある加工場へと続いている。

「……妙な気配がするな」

「おいおい、マジか？」

「ああ。クリスタルゴーレムではない……呼吸をして、一定間隔で歩き……こちらに、気付いている」

「マジか。チッ……盗賊の類いか？」

サーシャは、採掘場奥の加工場へ向かって歩き出す。

「全員、警戒を」

クリスタルゴーレムと対峙《たいじ》した時より、サーシャは力強く言った。

クリスタル加工場。正確には、採取したクリスタルを分別するための場所だ。

分別することを『一次加工』と呼ぶので、加工場と呼ばれている。採掘場と同じくらい広い空間に、山積みの空き箱。そして、分別するための大きな建物がある。サーシャは、歩みを止めた。

「来ちゃったか」

そこにいたのは、サーシャたちよりも年上の男だった。

「見張りを倒して満足するなら、それでよかったのに」

二十代前半ほどの男で、褐色の肌、灰銀の髪、瞳が真紅《しんく》、そして頭にツノが二本生えていた。

着ている服は鉱山内を歩くのに相応《ふさわ》しくない、パーティーにでも出れそうなスーツにベスト、革靴だった。

「オレの気配を感じたのは褒めてやる。そっちのお嬢ちゃん、かなりのヤリ手だね」

男は、ニヤリと笑い、サーシャを指差した。だが、サーシャは笑っていない。

全身で警戒しているのを、仲間たちは感じていた。

「貴様、何者だ」

サーシャは言いながら、左手の指でサインを送る。サイン名は『戦闘準備』だ。

「オレ？　オレはクレイン。あー……『魔族』って言えばわかるか？」

「な……ま、魔族だと⁉」

これには、タイクーンが驚く。

魔族。かつて大昔、人間たちと存在を懸けた大戦争を行った種族。

世界が二分されるほどの大戦で、とある人間の『能力』により、大陸が真っ二つにされ、戦争は終結した。

真っ二つにされた大陸の一つが、サーシャたちの住む『人間界』。もう一つが魔族たちの住む『魔界』だ。

人間界、魔界の行き来は不可能とされている。

陸はない。大陸を分断した後に『海』が出現し、互いの領地への行き来を封じるように海が荒れ狂っている。空を飛んでいくにも、空は常に雷が鳴り、飛ぶものを容赦なく撃ち落とす。

タイクーンが啞然《あぜん》とする。

「……ば、馬鹿な。魔族は、人間界と魔界の間を移動できるのか⁉　しかも、その風貌……褐色の肌、灰銀の髪、真紅の瞳、そして……頭部に生えた漆黒のツノ……ほ、本物の魔族」

「その通り。そこの眼鏡、ほんと博識だね。じゃあ……魔族の力も、知ってるよなぁ？」

タイクーンは、全員に言う。

「……サーシャ、撤退だ」

「なに？」

「魔族の力は、S級冒険者を凌駕《りょうが》する。文献で読んだが……かつて大陸を分断した人戦争で、人類は全人類から戦える者をかき集めて挑んだ。だが魔族は、たった数千だけで、人類と互角に戦ったんだ」

「……なんだと」

「当時の人類軍は、数万を超える軍勢だったはず。それほど、魔族という種族は個が強い」

クレインはパチパチ手を叩く。

「眼鏡くん、ほんとすごいな。そこまで賞賛されると気分よくなっちゃうよ。うん、そこの眼鏡くんに免じて、きみたち全員見逃してやるよ。まぁオレ、高純度のクリスタルを採取しに来ただけだしな」

クレインは、シッシと猫を追い払うように手を振った。だが、サーシャは引かなかった。

「一つ、質問に応《こた》えろ。そのクリスタルをどうするつもりだ？」

「大したことじゃないよ。『魔導船』……言ってもわかんないだろ？　それのコア部分に使えるか実験するんだ。魔界には、こんな高純度のクリスタルを採掘できる場所、ないからな」

「……ほう」

「人間界は資源の宝庫。オレら魔族にとっては宝の庭さ。邪魔しなきゃ駆除しないでやるから、さっさと失《う》せな」

「……駆除？」

「あ？　そりゃあそうだろ？　お前ら人間って、お宝にタカる害虫みたいなモンじゃねぇか。普通は足で踏み潰《つぶ》したりするだろ？　でもオレは優しいから、シッシって追い払うだけ。慈悲よ慈悲」

次の瞬間、サーシャの飛ぶ斬撃が、クレインの持っていたクリスタルを粉々に破壊した。

「………なにすんの？」

「決まっている。ハイベルグ王国が管理する鉱山に入り込んだ害虫を、駆除しようとしただけだ」

「さ、サーシャ⁉」

タイクーンが驚くが、レイノルドは盾を構え前に。

「タイクーン、忘れたのか？　ここは王族専用の採掘場だ。無許可で入ったら問答無用で処刑だぜ？」

「ミュアネ、矢にいっぱい『爆破』込めといて」

「…………クソクズが。サーシャの敵は私の敵。ブチ殺すぞ」

ロビンも、ピアソラも戦闘態勢だ。タイクーンは盛大にため息を吐き、杖《つえ》を取り出した。

「……ミュアネ、覚悟を決めようか」

「え、え……ま、ま、魔族、ですよね？　お、お兄様？」

クレスはどこか吹っ切れたように、ミュアネは未《いま》だに理解していない。

クレインは、サーシャを見てグチャリと歪《ゆが》んだ笑みを浮かべた。

「あーやだやだ……今日の服、お気に入りなんだよね。血で汚れちまうわ」

「安心しろ。汚れるのは貴様の血でだ」

チーム『セイクリッド』と、魔族の戦いが始まった。


クレインは、両手両足に『風』を纏《まと》わせ浮き上がる。サーシャは剣を構え、クレインを睨《にら》んだ。

「人間ってさ、『能力』持ってんだろ？　見せてよ」

「お望みなら見せてやろう」

答えたのはタイクーン。杖に光が灯《とも》り、サーシャに向けられた。

「『全身強化』」

サーシャ、レイノルドの全身が輝いた。クレスはロビンの肩に触れる。

「『倍加』!!」

「「よーし、やっちゃうよっ!!」」

二人のロビンはハイタッチし、ミュアネがせっせと力を込めていた『爆発矢』を番える。

タイクーンは、さらに呪文を詠唱する。タイクーンの能力は『賢者』で、主な魔法は強化と弱体化。それ以外にも呪文を必要とするが攻撃系の魔法を使える。

魔法は『能力』で決まった属性しか使えない。『火魔法』なら火属性、『風魔法』なら風属性のみ。だが、『賢者』の能力を持つタイクーンは、回復魔法以外全ての魔法が使えるのだ。

攻撃よりも味方の強化、敵の弱体化を優先して覚えたため、攻撃魔法はあまり得意ではない。

「ふーん、おもしろそうじゃん。それが能力ね。でも……魔族にもあるんだよ」

サーシャは、クレインに向けて超加速。強化されたサーシャの加速は、並の冒険者では対応できない。

だが━━サーシャの身体が、左にズレた。

「なっ⁉」

クレインに向けて走ったはずなのに、なぜか位置がずれた。

そのまま近くの壁に激突し、壁が砕けサーシャがめり込む。

「ぐ……」

「サーシャ‼」

ピアソラがサーシャに手を向けると、サーシャの身体が淡く輝き、傷が回復した。

能力『聖女』による回復魔法だ。ピアソラは、タイクーンとは逆に回復魔法しか使えない。

だがその回復能力はすさまじく、怪我や病気だけでなく、解毒や呪《のろ》いなども治すことができる。

クレインは、風を纏わせた拳《こぶし》でサーシャに殴りかかる。

「させるわけねぇだろ!!」

だが、レイノルドの盾が拳を防いだ。

「お、やるじゃん」

大きな盾で防御して弾く。

そして、小型の盾を振り、クレインに叩きつけるが……盾は『風』によって阻まれた。

見えない『風の膜』が、クレインを守っている。

「魔族には『スキル』って力が宿る。人間の能力と似たようなモンだけど……規模は桁違《けたちが》い。オレの場合は『気流操作』で、空気の流れを自在に操《あやつ》れる。こんな風にな」

指を鳴らすと、クレインに向かって飛んできた数発の矢が、空中でピタッと止まる。

「「えっ」」

矢は向きを変え、サーシャを守るように立つレイノルドの盾に直撃。爆発を起こした。

「ぬ、っぐ……!?」

「お、すごいな」

だが、『シールドマスター』の能力を持つレイノルドの盾は、たとえ木の盾だろうと能力の恩恵で鉄並みの硬度を持つ。シルバーレイ・ドラゴンの骨と外皮を加工して作られた盾の硬度は、王都一と言われていた。

クレインは、両手に風を集めて周囲にばらまく。風は、加工場を破壊し、積んであった木箱を吹き飛ばし、狭い加工場内に暴風が吹き荒れた。

「あっはっはっはっは!!　わかるか？　本気出せば、町一つ暴風で覆《おお》うなんてワケないんだ。人間とは力の規模が違う。だから魔族は最強なんだよ。ムシケラどもがよぉ!!」

「なるほどな」

サーシャが言う。亀裂の入った壁から出て、髪がふわっと揺れた。

そして、どこか余裕のある表情で言う。

「確かに、大層な力だ。だが――貴様は、愚かだな」

「あぁ？」

サーシャの全身に『闘気』が発生する。

「お前が愚かだという理由を教えてやる。かかって来い」

「はっ、生意気なメスだぜ。決めた、テメェは持ち帰ってペットにしてやる」

「できるものならな」

ボッ!!　と、サーシャの闘気が爆発するように全身から吹きあがる。

クレインも風を全身に纏うが、周りに散らばった木箱や小屋の残骸が舞い、クレインの顔にぺしっと当たる。

クレインは舌打ちし頬を撫でた。が――戦闘中に頬を撫でるという意味のない行為が起こした、ほんの僅かな『隙』をサーシャは見逃さない。

現在、サーシャが使用できる闘気を数値化し、仮に『十』とする。

サーシャは闘気を七ほど足に込めて瞬間移動並みの速度でクレインの背後へ。一瞬で背中を斬《き》りつけた。

「ぐっ……⁉」

「遅い」

連続斬り。クレインの背中が裂け、血が噴き出した……血は、濃い緑色をしていた。

クレインは地面に叩き付《つ》けられる。すぐに立ち上がるが、ロビンの矢が背中に刺さり爆発して吹っ飛ばされる。

「いらっしゃぁい‼」

「ぶぎぃ⁉」

そして、吹っ飛ばされた先にいたレイノルドが、右腕に装備している丸盾でクレインの顔面を強打。鼻血が吹き出て吹っ飛び、クレスの『倍加』で増えたもう一人のレイノルドが、大盾を構えて突っ込んだ。

「『盾突進《シールドバンプ》』‼」

「つぐぁっがぁ⁉」

巨牛に弾き飛ばされたように吹っ飛ぶクレイン。何度も何度も吹き飛ばされ、意識が朦朧《もうろう》とした。

フラフラと立ち上がった先に、サーシャがいた。

「貴様は馬鹿だ。確かに、その風を操る力は素晴らしい。能力の『風魔法』以上の応用性がありそうだ……だが、こんな密閉された空間では、その本領を発揮することはできない。鉱山が崩壊すれば、貴様も生き埋めだろうからな。そして何より……貴様は、人間を舐《な》めている。魔族が上だと決めつけ、本気を出さずに遊んだ。それが貴様の敗因だ」

「この、ガキ……ッ!!」

ギロリとサーシャを睨み、殺意を剝《む》き出しにする。

だがサーシャはクレインの動きを見切り接近、右腕を斬り落とした。

「ぐぉっぽぁぁぁぁ!?」

「油断はしない。そのまま死ね」

だが、腕を斬り落とした瞬間、クレインが力を振り絞り、暴風が巻き起こった。

「チッ……」

クレインはサーシャと距離を取る。青筋が顔中に広がり、目が血走っていた。

そして、サーシャを指差し、牙を剝き出しにして言う。

「お前、絶対に殺す。お前の全てを蹂躙《じゅうりん》して、お前を滅茶苦茶にしてやるからな」

クレインが暴風に包まれると、そこには誰もいなかった。

サーシャが剣を鞘に納めると、ロビンが駆け寄ってくる。

「サーシャ、平気⁉」

「ああ。ありがとう、ロビン。みんなは平気か？」

レイノルド、タイクーン、ロビン、ピアソラ、クレス、ミュアネ。仲間たちは全員無傷。暴風が吹き荒れた時に飛び散った木箱や石でけがをしたが、ピアソラがすぐに治療をしたようだ。

タイクーンは、歯を食いしばる。

「魔族だと……？　クレス、このことを」

「わかっている。父上に報告し、周辺国にも情報を送る」

「お兄様……」

「ミュアネ、しばらく忙しくなりそうだ」

こうして、サーシャたちの依頼は成功で終わった。

魔族という、新たな火種を持ちかえることになったが。

◇◇◇◇◇◇

クレインはクリスタル鉱山から撤退。鉱山から遠く離れた森の中で、全身を震わせていた。

「ぎ、っがァァァァァッ!!　あのガキ……クソガキが、クソガキがァァァァァッ!!」

許せなかった。右腕を斬り落とされ、極限まで追い詰められた。

鉱山内で本気の『風』を使えなかったという点を含めても、サーシャは強かった。

油断もあった。だがそれ以上に、サーシャの態度にキレていた。

「絶対に殺す。絶対に、絶対に……ッ!! ただじゃ殺さない。ヤるなら、あのガキが大事にしてるモンを全部ブチ壊してやる!! クソ、クソ……はぁ、はぁ、ふぅぅぅぅ」

クレインは深呼吸し、冷静に考える。

「ハイベルグ王国、とか言ってたなぁ? ククク……いいぜ、全部ブチ壊してやるよ」

クレインはグチャリと歪んだ笑みを浮かべ、王都の方向に向かって歩き出した。

◇◇◇◇◇

サーシャたちは王都に戻って来た。

ギルドに報告し、そのまま王城へ向かって依頼成功を報告する。

サーシャたちは国王の前で跪《ひざまず》き、依頼の達成……そして、魔族について説明をした。

「魔族、だと?」

「はい、我々のチームは魔族と交戦しました。ですが……取り逃がしてしまいました」

「父上。サーシャの言うことは本当です。私も確認しましたので」

「あ、アタシ……じゃなくて、私もです‼」

クレス、ミュアネも言うと、国王は「うむ……」と表情を渋くする。そして、大きく頷いて言った。

「クレス、ミュアネ。事の詳細はお前たちから聞こう。サーシャよ、依頼達成だ。ご苦労であった」

「ありがとうございます」

「さて、望む物を与えよう。何がいい？」

「では、我々の『ホーム』を所望します」

「ほう、ホームということは、クランホームか。いよいよ、クランを作るのだな？」

「はい」

「わかった。王都にある好きな物件を与えよう。空き物件については、宰相に任せる。サーシャたちが望む物を与えるように」

「かしこまりました」

「ふふ、ハイセの方は依頼に失敗したが、お前はきっちり成功させたようだの」

「え……？」

ハイセが失敗？　と、サーシャは思わず口に出してしまい、口を押さえた。

「万年光月草の採取に失敗したのだがな。くくっ……あいつもお人よしだな。森国ユグドラから上がって来た報告書によると、どうやらハイセは、王妃のために万年光月草を放棄したようだ」

「……？？？」

「まぁ、気になるなら宰相から聞くといい」

謁見《えっけん》は終わり、サーシャたちはクランホームを手に入れることになった。

王城の客間に移動し、チームに分かれることにした。

まず、宰相と共にクランホームを選ぶチーム。そして、クリスタルゴーレムの換金をするチームだ。

クランホームはサーシャ、ロビン、タイクーン。換金はピアソラ、レイノルドになった。

「イヤァァァァァッ!!　なんっっっで私がレイノルドと一緒なの⁉」

「あっはっはー、公正なクジの結果だしね。サーシャ、一緒に選ぼうねっ!!」

「キィイイエエエ!!」

「やかましいな……まったく、換金だって立派な仕事だぞ」

「……おいピアソラ、さすがに傷つくぜ」

「うるッせェ!!」

ピアソラは諦《あきら》めたのか、一人で歩いて換金所へ。レイノルドも後を追い、サーシャたちはそのまま部屋で待機。すると、大きな羊皮紙の束《たば》をいくつも抱えた宰相ボネットが入って来た。

「ふう、あなたたちが満足しそうな物件を選んできました」

「ボネット宰相閣下……ありがとうございます」

タイクーンが立ち上がり深く一礼する。テーブルに、大量の羊皮紙が置かれた。

さっそく確認作業が始まる。タイクーンが、どこかワクワクしながら羊皮紙を開き、物件の情報を見てブツブツ言う。ロビンは、「わ、お風呂おっきい」とか「ここいいなー、あたしの部屋」と言いながら物件の図面を見てニコニコしていた。サーシャは、羊皮紙を眺めながら、ボネットに聞く。

「あの、ボネット宰相閣下……ハイセが、依頼失敗した、というのは」

「気になりますかな?」

サーシャは小さく頷く。ボネットはにっこり微笑《ほほえ》んだ。

「ハイセくんは、依頼をほぼ達成していました。万年光月草を手に入れ、あとは王都に戻り納品するだけでしたが……少し、話を戻します。ハイセくんが森国ユグドラへ向かう前、彼に接触したエルフの少女がいました。彼女の名はプレセア。森国ユグドラの王妃アルセラ様の妹君で、霊薬エリクシールの素材である万年光月草を探し、西方から中央に来ていたのです。そこで、東方へ向かうハイセくんの話を聞き、同行を持ちかけたそうです」

「え……」

「ハイセに仲間が⁉」

驚くサーシャ、ロビン。ボネットは苦笑していた。

「仲間というか、同行していただけのようです。プレセア様も、報告では『仲間じゃない』と仰《おっしゃ》っていたようですから」

「信じられないな。あのハイセが……孤独を好むような男が、同行者なんて」

タイクーンは羊皮紙を見ながら言った。

「現在、森国ユグドラにある霊峰ガガジアは、魔獣の繁殖期で入山が制限されています。ハイベルグ王国が発行した依頼書があれば入ることが可能でした。ハイセくんは、プレセア様と一緒に霊峰ガガジアへ登り、山頂付近で運悪く、SS+レートの魔獣、『グリーンエレファント・ドラゴン』と遭遇したようです」

「え、えすえすぷらす……く、国の軍隊が総出で戦うような敵、だよね」

「はい。ハイセくんは、プレセア様を守るために単独で戦い勝利……ですが、代償に万年光月草の群生地が犠牲となりました。ハイセくんが見つけたのは、最後の万年光月草でした」

「「「…………」」」

三人は黙って聞いていた。いつの間にか、クランホームの羊皮紙を見ていない。

「下山し、森国ユグドラの兵士たちがプレセア様を迎えに上がり、ハイセくんとプレセア様は別れました。プレセア様は万年光月草を諦め、涙ながらにアルセラ様の元へ向かったそうなのですが……アイテムボックスの中に、ハイセくんが見つけた万年光月草があったそうです。その万年光月草を使いエリクシールが精製され、アルセラ様は回復……今はもう、元気に執務をこなしているとか」

「……ハイセ」

サーシャは、どこか嬉しそうに笑い、胸を押さえた。自分のことのように嬉しく、ついつい笑ってしまう。

「ハイセくんの依頼は失敗しましたが、森国ユグドラの王族の命を救ったということで、陛下は望みの物を与えようとしましたが……ハイセくんは拒否したようです」

「もったいないなー」

ロビンが言うと、タイクーンも「まったくだ」と言った。

サーシャは、自分が同じ立場でも、同じことをできるか自信がない。依頼を優先するか、命を優先するか。

即断できない自分が情けなく、自由なハイセが少し羨《うらや》ましかった。

「ねーねー、そのプレセア様？　ってエルフはどうなったの？」

「万年光月草を手に入れた功績で褒美を与えられたようですが……ふふ、王族からの除名と婚約破棄をして、ハイベルグ王国で冒険者をやるそうですよ。どうやら、ハイセくんのことが気に入ったようですな」

「……む」

なんとなく、サーシャは面白くなかった。

◇◇◇◇◇◇

「お」

「……なんであなたがここに」

冒険者ギルド、解体場にて。レイノルドとピアソラは、ハイセと出くわした。

解体場には、大きな台がいくつも並び、そこで獲物の解体とだいたいの査定を聞き、高額になると専用の部屋で査定を聞き直し、入金するという流れだ。

たまたま隣同士の台になり、ピアソラは思いきり顔をしかめていた……が、どこか馬鹿にしたように笑いながらハイセに言う。

「聞きましたよ？　アナタ……依頼失敗だそうねぇ？　ふふふっ、王女殿下を拒否して、一人で意気揚々と出かけて、戻ってきたら依頼失敗とか……くふふっ、情けないったらありゃしない。ぷーくすくす!!」

「………………」

「よせよ、ピアソラ」

「あらレイノルド。あなたも思ったんじゃない？　『こいつダッセ』って」

「いやお前、ったく……」

レイノルドはため息を吐き、ハイセに言う。

「ハイセ、悪いこと言わん……仲間、作れ」

「忠告どうも」

ハイセは、アイテムボックスからS＋レートの魔獣、『デズモンド・スパイダー』を出して台に置いた。

穴だらけ、ボロボロの死骸に、ギルドの解体員は渋い顔をする。

「ハイセさん、これじゃあんまりっすよ……せっかくの高ランク魔獣なのに、使えるのが骨とか僅かな表皮くらいっすよ」

「悪い。俺が調査して『最上級』に認定されたダンジョンの魔獣、なかなか手ごわくてな」

「ふっふっふっふっふ。レイノルド、出しなさい!!」

「へいへい。何対抗心燃やしてんだか……」

レイノルドがクレスから借りたアイテムボックスから出したのは、クリスタルゴーレムの残骸だ。

討伐レートはＳＳで、ハイセのより上。解体員たちは「おお～」と唸《うな》り、ピアソラが胸を張る。

「さぁ、査定なさい!!　お～っほっほっほ!!」

「おま、アホみたいだぞ……とにかく、査定頼むわ」

それぞれの査定が終わり、レイノルドたちは別室へ、ハイセはその場で金額が言い渡された。別室に呼ばれるということは、それだけ高額で貴重な素材ということだ。冒険者たちにとっては、ひそかな憧れでもある。

「レイノルド、行きましょう。お～っほっほっほ‼」

「あ、ああ。じゃあなハイセ」

レイノルド、ピアソラは行ってしまった。ハイセは入金し、解体場を出る。

「終わった？」

「お前には関係ない」

「そ。ね、お昼食べた？　まだなら付き合うけど」

ハイセはプレセアを無視して歩き出したが、プレセアは当たり前のように隣に並び、同じ店、同じ席で食事をした。

第六章　それぞれの休日

ある日、ハイセはいつも通りに冒険者ギルドへ行き、依頼を物色していると、背後からガイストに肩を叩《たた》かれ、そのままギルマス部屋に連れて来られた。そして、いつもの美味《おい》しい紅茶を出され、ちびちび飲んでいると、ガイストがそんなことを言い出したのである。

「え、休め？」

「ハイセ。最上級ダンジョンの調査は順調なようだな」

「え、ええ。まあ……」

「この短期間で、地下六十階層までの調査を終えるとは驚いたぞ。しかも、一階層ごとの報告書も細かく丁寧に書き込まれているしな」

「はあ……まぁ、書くのはけっこう得意なんで」

かつて、『セイクリッド』でマッパーも経験したハイセ。仲間の役に立とうと、魔獣の分析や詳細なデータをまとめるのは得意だった。その能力が、S級となった今でも役立つことに、ハイセは複雑な気持ちだった。

「追加の調査を他の冒険者に依頼して、情報をすり合わせてからの一般公開となる予定だったが、お前の報告書だけで十分だと判断した。よって、『最上級ダンジョンの調査依頼』は達成だ」

するとベテラン受付嬢がノックをして部屋に入ってきた。手には魔道具があり、テーブルへ置く。

「S級冒険者ハイセ様。ダンジョンの調査依頼に対する報酬です。冒険者カードをこちらに」

「え、え……ガイストさん、ほんとに終わりなんですか⁉　だってまだ地下六十……」

「まだ、じゃない。もう、だ。あまりに調査を進めすぎるのもよろしくない。『地下六十階層以降は未調査』という話も公開する。そうなれば、腕に覚えのある冒険者が集まるからな」

「えー……あ、じゃあ、他にダンジョンの調査とか」

「ない。あることはあるが、今のところ最上級以上のダンジョンは見つかっていない」

「うぁー……」

「高難易度の討伐依頼も、今のところない。だったら、たまには休め」

冒険者カードに入金を終えたハイセに、ガイストは言う。

「美味《うま》い物を食ったり、のんびりすることも大事だぞ？　まだ十六歳なんだ。青春を謳歌《おうか》するのも悪くない」

「せ、青春って……」

「まだ、『禁忌六迷宮』に挑むつもりはないんだろう？」

「……ええ。まだ使える武器も少ないですし」

「うむ。そうだな……たまにはデートでもしたらどうだ？　プレセア……彼女もいるだろう？」

「で、デートって……あいつはそんなんじゃないですよ。くっついてくる、うっとおしいやつで」

「ほほう」

「いや、そんな顔されても……とにかく、そんなんじゃないです」

「はっはっは。そうだ、ハイセ、ここに行ってみたらどうだ？　お前、本は好きだろう？」

ガイストは、テーブルにあった一枚の羊皮紙をハイセへ渡す。

そこには、『古書市場開催』と書かれていた。

「古書……？」

「西方にある本の街ロベリアは、年に一度ハイベルグ王国で古書市場を開催するんだ。本に興味があるなら、行ってみるのも楽しいかもな」

「じゃあ……行ってみようかな」

ハイセはギルドを出て、羊皮紙を片手にハイベルグ王都リュゼンの『古商業区』へ向かっていた。

古商業区。今ある商業区とは違う、ハイベルグ王国が建国されてからある、最初の商業区画だ。

今ある商業区は、インフラの整備によって新しく作られた商業区で、町の中央付近にあるハイベルグ王国の商人たちが集まる場所。だが、古商業区は、インフラ整備後もそのまま残り、古くから店を構える古参商人たちの区画だ。古商業区には古き良き物が多くある。一部のマニアたちが店を出すような区画になったという逸話もある。ハイセは昔、タイクーンと何度か古商業区に来たことがあった。

「あら、奇遇ね」

「…………」

古商業区の入り口で、プレセアに会ったハイセ。

「お前、俺《おれ》のあと付け回してるのか？」

「あなたにくっつけた『精霊』が、あなたの居場所を教えてくれるだけよ」

「はぁ⁉」

「冗談よ」

ハイセは自分の服をパタパタ叩く。プレセアは、クスっと笑って歩き出した。

「古書、見るんでしょ？　行きましょ」

「……俺、一人で行きたいんだけど」

「邪魔しないわ。私も一人がいいもの」

ハイセはため息を吐《つ》き、古商業区に向かって歩き出した。

◇◇◇◇◇◇

ハイセが古商業区で本屋を物色している頃。

「サーシャ、そろそろ休もうぜ」

「レイノルド……いや、まだ」

「駄目だっての」

サーシャは新しく手に入れた『クランホーム』の一室で、クラン加入希望のチームに関する書類を眺めていた。チーム『セイクリッド』改め、クラン『セイクリッド』となったサーシャたち。

王都の一等地にある、五階建ての大きな建物だ。広い庭は訓練場で、一階から四階まではクランに所属する冒険者チームの部屋、五階はチーム『セイクリッド』の部屋になっている。なんと地下には大浴場もあった。

サーシャがいるのは、クラン『セイクリッド』にある『クランマスタールーム』だ。サーシャが執務をするための部屋である。今は、山積みとなった書類が置いてあり、サーシャが確認をしている最中だ。

レイノルドは、サーシャから書類を奪う。

「お前、生真面目《きまじめ》すぎるんだって。クラン発足してチーム加入の審査が始まるのはわかるけどよ、まだ一月も先の話だろ？　休みつつ進めないと、始まる前からツブれちまうぞ」

「レイノルド……」

「ピアソラは教会の仕事、ロビンは武器の手入れ、タイクーンはクラン創設に関しての注意なんかを調べるため図書館……みんな、今日は自由時間だ。好きなことしていいんだよ」

「うむ……だが、ピアソラやタイクーンは働いているのではないか？」

「いいんだよ。タイクーンとか、久しぶりにたっぷり読書できるって喜んでたしな。ほれ、息抜きしに行くぞ」

「え、あ……ど、どこに？」

レイノルドは、一枚の羊皮紙を見せた。

「これは……古書、市場？」

「タイクーンほどじゃねぇけど、お前も読書好きだろ？　たまにはいいだろ」

「レイノルド……うん、ありがとう」

「お、おう」

サーシャの笑顔に、レイノルドはそっぽを向いて頬《ほお》を掻《か》いた。

サーシャは、レイノルドと一緒に古商業区を歩いていた。

今日は古商業区全体が『古書市場』になっているようだ。本棚を並べた露店、普段は開いていない古書店の扉が全開放、いつもはないカフェスペースがあり、読書スペースとなっていたりと、人が大勢いて読書や買い物を楽しんでいる。

「タイクーンが喜びそうだな」

「あいつは別な日に行くだろ。えーと、十日間開催されてるみたいだからな」

羊皮紙を見ながらレイノルドは言う。そして、チラリとサーシャを見た。

「古紙、インクの香りがいいな……」

普段着のサーシャなんて、久しぶりだった。

シンプルなシャツとスカートのみ。アクセサリーはあまり好まないのか、翼を模した髪飾りだけ付けている。そして、財布が入った小さなカバンを手に歩く姿は、少なからず注目を浴びていた。

「あれ、S級の……」「あっちはA級のレイノルドだぜ」

「付き合ってるって噂《うわさ》、ホントみたい」「いいよな、サーシャさん」

冒険者たちだろうか、ヒソヒソ噂をしていた。だが、悪い気はしないレイノルド。

サーシャと二人きりになるのは、久しぶりだった。

「な、なぁサーシャ。いろいろ見てみようぜ」

「ああ。お、あそこの本屋……ふむ、見てみるか」

初老の、眼鏡《めがね》をかけた男性が一人でやっている露店だった。小さな本棚が二つだけの露店で、他には栞を売っている。

「銀細工の栞……」

「いらっしゃい、買うかね？」

「……素晴らしい細工だな」

蝶を模した栞《しおり》は、かなり精巧にできていた。男性はニコニコしながら言う。

「これはうちの孫が作ってくれた栞でねぇ……ふふ、綺麗《きれい》だろう？」

「ああ、美しい……よし、これをくれ」

「まいど。本はどうだい？」

「おっと、そっちも見せてもらおう」

サーシャは、本棚を物色し始めた。その後ろ姿を、レイノルドは満足そうに眺め隣に並ぶ。

「そうだ、せっかく古商業区に来たんだ。ここらで一番大きな本屋に行ってみよう」

「お、いいね。じゃあ行くか」

サーシャとレイノルドは、この辺りで一番大きな本屋に向かって歩き出した。

◆◆◆◆◆◆

ハイセは、たまたま目に入った露店本屋で、面白《おもしろ》そうな古書を何冊か買った。

アイテムボックスに入れ、他の本屋を見ながら歩く。一緒に来たプレセアは、いつの間にかいなくなっていた。プレセアは本当に、一人で本を探すために行ったようで、ハイセは一安心。

古商業区の中心に来ると、なかなか活気があった。

ハイセは、この辺りで一番大きな本屋に入り、物色を始める。

「久しぶりに来たけど、やっぱりいいな」

趣味は読書。そう言っていいくらい、本は好きなハイセ。

最初は、教養として読んでいた。戦術書や、引退した冒険者が執筆した体験談などが好きだった。引退冒険者が執筆した本の半分近くは『盛っている』と言われているが、そういうのを含めて読むのが好きだった。

大きな本屋を出て、少し外れにある小さな古書店へ入り、本棚を物色する。すると、面白そうなタイトルの本があった。

「お、『S級冒険者ジェラルドの冒険記』……S級冒険者にジェラルドなんていたのかな？」

S級冒険者は、ハイベルグ王国の『冒険者記録』に名が残る。ギルドでも確認できるので、暇な時調べてみるかとハイセは思い、手を伸ばした。すると、ちょうど横から伸びてきた柔らかな手が触れる。

「「あ――すみませ……え」」

そこにいたのはサーシャだった。全く同じ本、同じタイミングで手を伸ばし、手が触れ合っ

た。

「あ……す、すまん」

「あ、ああ」

会話が終わる。ハイセは一瞬動揺したが、すぐに平静になる。すると、レイノルドが来た。

「おーいサーシャ……って、ハイセ。なんだ、お前も来たのか？」

「まぁな。追放された後は忙しくて、そんな暇なかったけどな」

どこか棘《とげ》のあるハイセの言葉に、レイノルドが眉《まゆ》をひそめる。ハイセは続ける。

「お前たちはデートか？　恋人同士、仲がいいことで」

「な、こ、恋人……⁉」

「ま、そういうこった」

するとレイノルドがサーシャの肩を抱いた。

「れ、レイノルド⁉」

「じゃあなハイセ。せいぜい、楽しくな」

「…………」

「待て。ハイセ、私たちは恋人では――」「ハイセ」

すると、本を大量に抱えたプレセアがハイセの隣に立った。

「楽しそうだけど、どうしたの？」

「別に」

「そ。ね、お茶にしない？　歩き疲れたわ」

「そんなに大量の本抱えてるからだろうが……」

そう言って、ハイセは仕方なくプレセアの本を少しだけ持ち、最後にチラッとサーシャを見てから歩き出した。何かを言いかけていたが、特に追ってくる様子もないようだ。

二人は近くにあった個室のある喫茶店に入り、アイスティーを飲みながら、買ったばかりの本を読む。すると、プレセアが言う。

「ねえ」

「…………」

「サーシャ、だったかしら。さっきの、あなたの元チームメイト」

「…………」

「私とあなたが並んで歩くのを見て、どう思ったかしらね」

ハイセは無視。プレセアは、ハイセの事情を全《すべ》て知っていた。

プレセアの能力は『精霊使役《フェアリー》』で、同じ『精霊使役』の能力を持つ者にしか見えない『精霊』を使い、遠くの会話を聞いたり、精霊を身に纏《まと》い姿を消したりすることができる。その能力を使えば、今話題のS級冒険者ハイセのことを調べるのは簡単だった。

「あなた、あの子のこと好き？」

ほんの少しだけ、ハイセの口が動いたのをプレセアは見逃さなかった。

「幼馴染《おさななじみ》、か……私にとってはアドラがそうだったわ。幼馴染で、婚約者……昔は、結婚することに意味なんて感じなかったし、アドラでも誰《だれ》でもいいって思ってた」

「……………」

「でも、最近は……」

プレセアがハイセを見るが、ハイセは読書に夢中だった。

「ね、ハイセ」

「……ん」

「これだけ教えて。あの子のこと……好き？　嫌い？」

ハイセは本を閉じ、アイテムボックスにしまう。

「好きとか嫌いとか、もう忘れた。それに……俺のこと調べたなら知ってるだろ？　俺は、あいつに殺されかけたんだよ」

「……それ、事実と異なるわ」

「かもな。でも……もう、戻れないんだよ」

そう言い、ハイセは個室を出た。プレセアも本を閉じ、呟《つぶや》く。

「もう、戻れない……か」

つまり、戻ろうとしたことは、あるのだろうか？

◇◇◇◇◇◇

喫茶店の二階にある個室、ここは中央から少し外れた場所にあり、二人きりで話をするには最適だ。サーシャはやや声を荒らげて言う。

「どういうつもりだレイノルド!! その……こ、恋人、とか」

「別にいいだろ。ハイセも気にしてなさそうだったし」

「っその、恋人……」

顔を赤くし、うつむき、唇をキュッと結び、右手の指で銀髪をくるくる巻きながらモジモジするサーシャ……はっきり言って、めちゃくちゃ可愛《かわい》い。

レイノルドはそんなサーシャに見惚《みほ》れつつ、聞いた。

「なぁサーシャ。お前、ハイセのことが好きなのか？」

「ッッッ⁉ ななな、なんでそうなる!! 私は、ハイセをチームから追放したんだぞ⁉ それだけじゃない……結果的に、私がもたらした情報でハイセは死にかけた。私は、あいつを裏切ったんだぞ⁉ 好きとか嫌いとか」

「追放したのは、戦いに付いてこれないハイセを守るためだろ。ってかそうじゃねぇ。好きか嫌いか、だ。幼馴染で、ガキの頃から一緒だったんだろ？」

「……それは、まあ、嫌いではない。私は嫌われているだろうけど」

「……はぁ」

どう見ても、好きだった。恋……なのかは、わからない。だが、友人、幼馴染以上の感情はありそうだった。

もちろん、レイノルドは諦《あきら》めるつもりなどない。今、こうして目の前に、サーシャの隣に立っているのは、レイノルドなのだから。

「なぁ、サーシャ」

「な、なんだ……」

「お前はこれから、クラン創設関係で忙しくなる。当然、オレも支えるつもりだ」

「あ、ああ」

「最高のチームで、『禁忌六迷宮』に挑むんだろう？　だったら……今は、ハイセに構ってる場合じゃない。それに、見たろ？　ハイセにはもう、仲間がいる」

エルフの少女。ボネット宰相が言った「プレセア」という少女に違いない、とサーシャは確信していた。

華奢《きゃしゃ》で、とてもきれいな少女だった。ハイセとも距離が近く、ハイセも拒絶していないような気もした。

ハイセの隣を歩くプレセアを思い出すと、胸が苦しくなるサーシャ。

「ハイセを忘れろとは言わん。でも、今だけはあいつのことを考えるな。あいつは相変わらず、一人でダンジョンに挑戦したりして遊んでるみたいだしな」

「……遊ぶ？」

「ああ、言い方が悪かった。あいつもダンジョンに挑むつもりのようだが……一人じゃ絶対に限界がくる。その時に、お前の『最高のチーム』に迎え入れるか、あいつの道が間違っていることをお前が教えてやれ」

サーシャは答えず、アイスティーに口をつけた。

「わ、私……ちょっと外に出てくる」

そう言い、サーシャは個室を出た。レイノルドはため息を吐き、椅子《いす》に深く腰掛けた。


「あ、ハイセ……」

「……サーシャ？」

個室から出ると、偶然にもハイセがいた。サーシャは思わず顔を逸《そ》らしてしまう。

『ハイセのこと、好きなのか？』

レイノルドの言葉が思い出され、サーシャは首を振る。

ハイセは無視し、その場から立ち去ろうとした。が……サーシャが言う。

「ハイセ」

「……ん」

「その、奇遇だな」

「ああ」

「その……最近、調子はどうだ？」

「別に」

「……えっと」

「……無理に話さなくていい。レイノルドと一緒なんだろ？　俺にかまうなよ」

「待て。訂正させてほしい……レイノルドは仲間だ。恋人ではない」

「あっそ」

「……お前は、あの、エルフの少女……プレセアと一緒じゃないのか？　仲間なんだろう？」

「誰から聞いたか知らんけど、あいつは勝手に付いてくるだけだ。仲間じゃない」

「そうか……」

「もういいか？」

「……ハイセ、少し……話をしないか？」

「……話すこと、あると思うか？」

「ないな。いや、聞いてほしいことがある」

ハイセとサーシャは店の外に出て、近くにあったベンチに座る。

二人、並んで座るのは数年ぶりだった。

「私は、クランを作った」

「知ってる」

「まだ、応募チームの選考段階だ。これからどんどん忙しくなる……恋愛など、かまけている暇がないほどにな」

「…………」

「ハイセ、いつまでもお前のことを引きずるのは、私のこれからにも、お前にもよくない。だから……もう一度、ここではっきり言っておく」

ハイセとサーシャは、互いの眼をしっかり見る。

「私は、お前のためを思いお前をチームから追放した。勝手な判断だとお前は思うだろうが、私はそれが最善だと思った。お前とはもう、最高のチームを目指す夢は見れない」

「…………」

「私は、私の力で最高のチームを作る。お前が一人で最強を目指すなら、応援しよう」

「俺を陥《おとしい》れたことは？」

「あれは結果的にそうなった。私たちの意図ではない。私たちは、お前を陥れるつもりはなかったと、断言する」

「…………」

「ハイセ。お前は私を許さないだろうし、私もそれでいいと思う。私はこれから最高を目指し、高みに上る……進むべき道は違えども、ゴールは同じだと私は思う」

「…………」

「私は行くぞ、ハイセ。お前も進め」

サーシャは立ち上がり、凛々《りり》しい笑顔でハイセを見つめた。そして、その場を後にした。

「……まいったなぁ」

眩《まぶ》しかった。ハイセの憧《あこが》れたサーシャは、強くなった。

ハイセに対する罪悪感が消え、ハイセを同格と認め、競争相手として先に進んだ。

「上等」

ハイセも立ち上がる。陥れたことは許さないし、ハイセは忘れない。

だが、先に行かれたままでは面白くない。

「せいぜい、最高のチームで頑張るんだな。俺は、俺の力で最強になってやるからよ」

ハイセはニヤリと笑い、歩き出した。

◇◇◇◇◇◇

ハイベルグ王国郊外にある、ハイセが調査中の最上級ダンジョンにて。

「へぇ～……ここ、いいな」

クレインは最深部まで潜り、ダンジョンの心臓ともいえるダンジョンボスを瀕死《ひんし》に追い込み、その体躯《たいく》に座り込んでいた。

「王都からも近いし、強さもなかなか……くくっ、ここで『スタンピード』が起きれば、すっげぇ楽しいことになりそうだ。あのメスがどんな顔するか見てぇなぁ」

ダンジョンボスは茶色のドラゴンだ。だが、翼がもぎ取られ息も絶え絶えだ。

クレインはドラゴンの頭をぐりぐり踏みつけ、命令するように言う。

「ほらほら、死ぬぞ？　死んじまうぞ？　なら……どうするかわかるよなぁ？」

その言葉に反応するように、ドラゴンはビクビクと痙攣《けいれん》し始めた。

第七章 訪れる不穏

S級冒険者『銀の戦乙女《ブリュンヒルデ》』サーシャが発足した新たなクラン『セイクリッド』は、A～F級冒険者チームを三組ずつ、計十八チームを加入させてスタートした。

審査には、タイクーンを筆頭に、これまで依頼した内容や成功率などから、面接によって決定。

発足式には、王都を拠点とする冒険者たちが見学に訪れた。そんな中、ハイセは拠点となるボロ宿屋の一階で、店主が淹《い》れた薄い紅茶を飲みながら、古文書を読んでいた。

「アンタ、発足式には行かんのかね」

宿屋の主人に話しかけられ、ハイセは横目で見た。

無視してもよかったが、息抜きにと答えた。

「俺《おれ》には関係ないしな」

「そうかい」

店主が読む新聞の見出しには『S級冒険者サーシャ、クラン発足。発足式は本日』と書かれている。

古文書の一文を理解したハイセは、右手をクイクイ動かす。

「なるほど、新しい武器……これは、おいそれとは使えないな」

古文書に書かれているページを理解することで使えるようになる『イセカイ』の武器。ハイセは、ダンジョンに挑戦しながら古文書を解読し、使える武器を順調に増やしていった。

不思議なことに、S級冒険者に昇格してから使える武器が、一気に増えた。

自分でも、かなり強くなったと思うハイセ。紅茶を飲み干し、外で試し撃ちをしようと立ち上がる。

「ご馳走さん」

ハイセは小声で言い、宿を出た。

城下町に出ると、多くの冒険者たちがクラン『セイクリッド』に向かっているようだった。

なので、クランホームとは別の道を進むハイセは、嫌でも目立つ。

「おい、S級冒険者のハイセだぜ」「サーシャとは犬猿の仲らしい」

「やっぱ発足式には行かないんだな」「闇の化身《ダークストーカー》かっけえ……」

いろいろ言われているが、無視。外に出る前に、冒険者ギルドへ向かう。

ギルド内は、受付嬢たちが暇そうにお喋《しゃべ》りしていた。冒険者たちが誰《だれ》もいないなんて、ハイセには初めての経験だ。今日は試し撃ちに行くだけなのだが、せっかくなので討伐依頼はないかと確認する。

「お……Aレート、アイアンメタルゴブリン討伐か」

アイアンメタルゴブリン。非常に知恵の高いゴブリンで、殺した冒険者の装備を剝《は》ぎ取り武装したゴブリンだ。Aレートに分類されるということは、多くの冒険者を殺し、格の高い装備を身に付けているゴブリンだろう。

ハイセは依頼書を手に、新人受付嬢の元へ。

「これ、頼む」

「あ、はい‼　って……あれ？　ハイセさん？」

「ん？」

「発足式には行かないんですか？」

「いや、行く意味ないし」

「そうなんですかぁ。てっきり、激励しに行くのかと」「このおバカ‼」「あいだぁ⁉」

ベテラン受付嬢に頭を叩《たた》かれ、新人受付嬢は涙目になる。

いきなりのことでハイセもびっくりするが、ベテラン受付嬢はニコニコしながら言う。

「失礼しました。はい、こちらの依頼ですね。はい受理しました。ではお気を付けて」

「あ、ああ」

チラリと新人受付嬢を見ると、涙目で先輩を睨《にら》んでいた。ギルドから出ると、声が聞こえてくる。

『先輩、何するんですかぁ‼』

『おバカ‼　まったく、あんたは余計なことばかり言って‼』

『べ、別にいいじゃないですか。ハイセさんとサーシャさん、昔は仲良しだったんですよね？

きっかけさえあれば、また仲良しに』

『そういうのを余計なお世話って言うの‼』

ハイセは苦笑し、依頼書を見て歩き出した。

◇◇◇◇◇

クラン『セイクリッド』に所属するＦ級冒険者チーム『サウザンド』。

リーダーであるＦ級冒険者、十四歳になったばかりの少年ロランは、高鳴る心臓の音をうるさく感じながら、目の前に立つサーシャの笑顔に焼かれ、死にそうなほど緊張していた。

サーシャの口が動いているので何かを言っているようだが、ロランは聞こえていない。

すると、幼馴染《おさななじみ》でチームメイトの少女、クーアがロランを肘で小突く。

「ふぁ、は、はいっ‼」

「ふふ……これから、よろしく頼む」

「はい、っくしょん‼」

緊張しすぎてクシャミが出て頭を下げるという、意味がわからない行動を取ってしまった。チームメイトの盾士《ガードナー》マッドと、弓士《アーチャー》の少女テナが「あちゃあ……」といった感じで顔を逸《そ》らす。

すると、サーシャがロランの肩をポンと叩いた。

「さ、これを胸に……クラン『セイクリッド』の証だ」

ロランの胸に、翼を模した紋章のバッジが付けられた。クーア、マッド、テナの胸にもサーシャ自らの手で付けられていく。不思議な甘い香りがして、ロランは気を失いそうになるほど緊張した。

そして、サーシャが四人に向けて笑顔で言う。

「我らがクランに所属した以上、依頼を受けるだけじゃない、厳しく鍛えるつもりだ。頼むぞ、お前たち」

「「「「は、はい!!」」」」

ロランたち四人は、揃《そろ》って同時に頭を下げた。

発足式が終わり、クラン『セイクリッド』、F級冒険者チーム『サウザンド』の部屋。

ロランたちに与えられた部屋は、それほど広くはない。会議用の小テーブルに椅子《いす》が四脚、装備品を置いてメンテナンスする台、書類棚や休憩用のソファなどがあるだけ。

F級冒険者なので、高望みはしない。でも、部屋を与えられたことは嬉《うれ》しかった。

「ぼ、ぼくたちの部屋……!!」

「ちょっとロラン!!　さっきの発足式、なにあれ!?」

「し、仕方ないだろ。緊張してたんだから」

クーアに叱られるロラン。それもそのはず。王都で話題のS級冒険者サーシャが率いるクラン『セイクリッド』に、発足して三か月のチーム『サウザンド』が加入することになったのだ。

緊張しないはずがない。

マッドは、ウンウン頷《うなず》く。

「……オレも緊張した」

十五歳の寡黙な盾士は、細い糸のような目をさらに細め、口を結んで頷く。

「あたしも緊張したぁ……ね、クーア、サーシャさんすっごい美人だったよねぇ」

弓士テナ。十四歳の少女らしく、好奇心旺盛な性格だ。クーアも、「うん」と頷く。

「憧《あこが》れるよね。私も、あんなかっこいい冒険者になりたいな」

「クーアがねぇ……」

「ちょっとロラン、どういう意味!!」

「じょ、冗談だよ」

クーアに睨まれるロラン。すると、テナが言う。

「ね、ロラン、今日はどうする?　明日から依頼入るけど」

「そうだなぁ……あ、せっかくだしギルドに行こうか？　ぼくたちクラン『セイクリッド』の所属になりましたって報告しよう!!」

「あんた、自慢したいだけでしょ……まぁ、気持ちわからないでもないけど」

「……まぁ、散歩がてら行くのもよかろう」

「よし、じゃあみんなで行こうか」

チーム『サウザンド』は、冒険者ギルドへ向かった。

ギルド内は冒険者が少なかった。発足式に出た冒険者たちは、今日は休養するのが多いらしい。

依頼書も多く残っており、ロランたちはちょっと残念そうだった。冒険者たちにクラン『セイクリッド』に加入したことを、やはり少なからず自慢したかったのだ。

とりあえず、新人受付嬢にだけ挨拶《あいさつ》しようとカウンターへ。

「あの、受付嬢さん」

「あ、ロランさん!!　おめでとうございます、クラン『セイクリッド』に加入したんですね!!」

「え、えへへ……まあ」

「うわぁ～、すごいです!!　尊敬しちゃいます!!」

「えへへ……あいでっ!?」

クーアに足をぐりぐりされるロラン。「デレデレすんな」と口が動いたのは気のせいではない。

喜んでいると、ギルド内に誰かが入って来た。真っ黒なコートを着た、十代半ばの少年。

だが……修羅場を、死線を潜った強烈なオーラがあった。

ロランたちの隣のカウンターで、ベテラン受付嬢が対応する。

「アイアンメタルゴブリンの討伐依頼、完了した……これ、倒したゴブリンが持っていた装備だ。なるべく回収したから、遺族や仲間に届けてやってくれ」

真っ黒な少年……ハイセは、受付カウンターに使い古された装備をアイテムボックスから出す。

「かしこまりました。ですが、よろしいのですか？　所有権はハイセ様にありますが」

「いらない。それとこれ、倒したゴブリンだ」

アイテムボックスから出てきたのは、ゴブリンの生首だった。

「「「「ひっ⁉」」」」

「……あー、こんなとこで出すもんじゃないな」

ロランたちと新人受付嬢が青くなった。それに気付いたハイセは、生首をアイテムボックスにしまう。

ロランの胸にある『セイクリッド』の証を見て、少しだけ目を見開いた。

「では、素材の確認をしますので」

「ああ」

ハイセはロランたちを無視し、解体場へ向かった。ロランは、ハイセの背中を見て言う。

「あの人、確か……S級冒険者の、ハイセさんだ」

「こ、怖かったわ……」

「な、生首だったねぇ……」

「……………ぶるっときた」

だが、不思議とロランは、ハイセのことを怖いとは感じなかった。

◇◇◇◇◇◇

さて、クランに所属するメリットは何か？

まず、冒険者ギルドを介さず、クランが直接依頼を受けることができる。

冒険者ギルドを介すると、報酬の四割はギルドに支払われ、残りの六割が冒険者たちの懐《ふところ》に入る報酬になる。依頼書に書かれている報酬などは、ギルドが仲介料金を引いた値段なのだ。

だが、クランが直接依頼を受けると、報酬は全《すべ》てクランのものになる。

クランは二割の報酬を得て、残りはクランに所属するチームの物、ということだ。

サーシャは有名人だ。これから持ち込まれる依頼は、かなりの数になるだろう。

名が売れれば、持ち込まれる依頼も、その報酬も桁違《けたちが》いだ。

そして、冒険者ギルドが処理できない依頼などを、冒険者ギルドが紹介することもある。

その場合、仲介手数料などは引かれない。報酬全額がクランのモノになる。

さらに、討伐依頼などで手にした素材なども、全てクランのモノになる。

解体など、冒険者ギルドの解体場に依頼するクランも多いが、手数料や解体料金などを考えると、解体専門のプロを雇い、クランホームに解体場を作るクランがほとんどだ。

クラン『セイクリッド』の敷地内に、解体用の小屋はある。まだ解体員はいないが、もう少しクラン運営に慣れれば募集をかける予定だ（ちなみに、すでに解体員から応募が来ている）。

チーム『セイクリッド』も、クランになったことで変わった。

まず、チームで動く回数が減った。クランに所属する冒険者たちに一名が同行して依頼を受けたり、空いた時間は敷地内で新人の訓練をしたりと忙しい。特に、サーシャは訓練指導や書類整理などで大忙しだった。タイクーンが手伝っているが、やはり手が足りない。

クラン『セイクリッド』発足から一か月。新たに解体員と、事務員を雇った。

これにより、サーシャの負担は減り、訓練や依頼を受ける回数が増えた。

クラン発足から一月半……クラン『セイクリッド』は、瞬く間にハイベルグ王国でトップクラスのクランになった。

◆◆◆◆◆

『クラン『セイクリッド』の躍進止まらず。四大クラン改め、五大クランとなる日も近し!!』

ハイセは、宿屋の店主が読む新聞の見出しを見て、薄い紅茶を飲んでいた。

紅茶を飲み干し金貨を置く。

「延長一か月。朝食、紅茶付きで」

「……どうも」

一か月の宿賃だとお釣りが出るが、何度かハイセとやり取りした結果『お釣りはいらない』とのことになり、店主もいちいち『お釣りだよ』と言うのをやめた。

ハイセは宿を出て、冒険者ギルドに向かう。

朝の喧騒《けんそう》を終えた冒険者ギルドには、D級チームとなった『サウザンド』のメンバーがいた。

「みんな、今日の依頼は『クチナシ草』の採集だ。ここにはエリートゴブリンがいるって噂《うわさ》もある。装備を確認してから向かおう」

「ええ」「……む」「うん!!」

ロランの号令に、三人が力強く頷いた。

ゴブリンの生首で悲鳴を上げた四人はもういない。等級も上がり、成長を続ける冒険者の姿があった。

ハイセが依頼掲示板を眺めていると、ガイストが肩を叩いた。

「ハイセ、少しいいか？」

「っと……ガイストさん、気配殺して背後に立たないでくださいよ」

「それは悪かったな。それより、少し話がある」

「……嫌な予感」

場所をギルマス部屋に変え、ガイストはハイセの対面のソファに座った。

「落ち着いて聞け……どうやら、スタンピードの兆候がある」

「え？」

「以前、お前が調査した最上級ダンジョン……現在、行方《ゆくえ》不明者が続出して、ギルドは封鎖を決定した」

「ふ、封鎖って……あそこ、そんな強い魔獣いませんでしたよ？」

「わからん。原因は不明だが……Bレート以上の魔獣が大繁殖を繰り返し、ダンジョンの上層階まで上がってきている。恐らく、スタンピードが発生する」

「なっ……」

「位置的に、この王都に向かってくる可能性が高い」

ハイセはいつの間にか、身を乗り出していた。

「原因は？」

「不明だ。本当にいきなりのことで、調査する暇もなく魔獣が溢《あふ》れだした。これは個人的見解だが……サーシャが退けた魔族が、関係している可能性もある」

「ま、魔族って……」

「ハイセ、スタンピードは間違いなく起きる。その時は……お前の力を貸してほしい」

「……当たり前ですよ。当然、俺が守ります」

「うむ。数日以内に、対策会議を行う。王都に拠点を置くクランと、Ｓ級冒険者を招集する。この話はハイベルグ王家も知っているが、まだ他言無用だ……いいな？」

「……あの、サーシャは？」

「サーシャはまだ知らん。クランの発足で疲れ果てているようだからな。対策会議までは、クランに集中させてやろうと思う」

ハイセは立ち上がる。ガイストも立ち上がり、ドアを開けた。

「ハイセ、お前はスタンピード戦の経験はあるか？」

「……ありません」

「当然か。最後に起きたスタンピード戦は、三十年前……中級ダンジョンが崩壊した時だ」

「中級……？」

ガイストは、ドアノブを強く握りしめた。メキッ……と、ドアノブに亀裂が入る。

「当時、ハイベルグ王国内にあった町が三つ、村が七つ消えた」

「なっ⁉　中級ダンジョン……ですよね？」

「ああ。それほど、ダンジョンのスタンピードは凶悪だ。圧倒的な『数』の暴力が、全てを蹂躙《じゅうりん》する……最上級ダンジョンのスタンピードが起きたら、ハイベルグ王国の戦力だけでは、守れないかもしれん」

ハイセは、ごくりと唾を飲み込む。

そして、想像する。王都が魔獣に飲み込まれ、そこに住む人たちが蹂躙される姿を。

冒険者ギルド、クランホーム、飲食店、宿屋……何もかもが、壊される光景を。

「ハイセ。準備だけはしておいてくれ」

ハイセは、冒険者ギルドを出た。もう、依頼を受ける気にはなれなかった。

すると、ギルド前にプレセアがいた。

「ハイセ。依頼、受ける？　……どうしたの？」

「……いや」

ハイセはプレセアを無視し、歩き出した。

その隣を当たり前のように付いてくるプレセアを、ハイセは拒絶することはなかった。

◇◇◇◇◇◇

サーシャは、クランマスタールームで書類を書いていた。

事務員は雇ったが、サーシャの仕事がなくなるわけではない。マスターとして、クランに関《かか》わる報告書などは自分で書かなくてはならないのだ。

「ねぇサーシャぁ……せっかくいいお天気ですし、外でお茶でもしません？」

「ピアソラ……すまない、私は忙しいんだ」

「もぉ、いけずぅ」

ソファから立ち、サーシャの背後へ移動。背中に抱きつき、髪を弄《もてあそ》ぶ。

ピアソラの手がサーシャの胸に伸びたところで、サーシャはその手を軽く叩く。

「こら、じゃれつくな」

「だって、構ってくれないんですもの。私、今日はお休みなのにぃ」

「ふう……わかったわかった。少し、散歩にでも行こう」

「やったぁ!!　ん～……ちゅっ」

「お、おい⁉」

ピアソラは、サーシャの頬《ほお》にキスをした。

さっそく、部屋を出て外へ。すると、レイノルドが大きな包みを持ってドアの前にいた。

「お、いいタイミングだな。サーシャ、ドーナツ屋のおっさんから、新作のドーナツ山ほどもらったんだ。一緒に食おうぜ」

「おお、それはいいな」

「ピアソラも――」

と、言いかけたところで、猛烈な殺気がレイノルドを射抜く。

サーシャの後ろで、顔中に青筋を浮かべてピアソラはレイノルドを睨んでいた。どうやら、サーシャとの時間を邪魔してしまったらしい。が、レイノルドにとってピアソラに睨まれるのはいつものことだ。

「外で食おうぜ。お茶も用意する」

「ああ」

「ギギギ……レイノルドォォォォ」

三人は、クランホームの外にある中庭へ。小さいが、憩いの場として訓練場の隅に作った休憩場だ。今日は訓練をしているチームもなく、サーシャたちだけの空間になっている。

ドーナツを皿に乗せ、レイノルドがタイクーンからもらった紅茶を淹《い》れる。

紅茶は、なかなかの香りだった。

「レイノルドが淹れる茶か……久しぶりだな」

「そうか？　ま、お茶はタイクーンの仕事だからな。ほれ、ピアソラも」

お茶を受け取り、ドーナツをモグモグ食べ始めるピアソラ。レイノルドは、訓練場を眺めながら言った。

「チーム、二次募集は締めきったんだよな」

「ああ。一番下のチームもD級まで上がった。そろそろ新しいチームを加入させて育てるべきだと、タイクーンが言うのでな」

クランは基本的に、高ランクのチームを入れる傾向が強い。

チーム等級が高いチームが加入すれば、難しい依頼をこなす確率が上がるし、クランの名も売れる。

だが、クラン『セイクリッド』は、等級の低いチームを加入させ、育成していた。

一番下のチームだったロランたち『サウザンド』は、短期間でD級チームにまで上っていた。

「育成とか、面倒だわぁ……」

「そう言うな。私は面白《おもしろ》いぞ？　それに……嬉しい」

「嬉しい？」

「ああ。自分に自信のない者が、成長を実感し自信を持つようになる姿は、見て気分がいい」

サーシャは紅茶を飲み、ドーナツに手を伸ばす。レイノルドは言った。

「確かになぁ……オレの育ててる『盾士』も、けっこう戦えるようになってきたけど、見て気分いいぜ」

「私は別にぃ」

「お前は怖がられてるもんなぁ？」

「あぁ⁉」

キレたピアソラがレイノルドを睨む。いつもの光景に、サーシャは笑った。

「……ハイセも、追放しなければ私たちの元で強くなれたのかな」

「「……」」

ハイセ。その名前が出ると、レイノルドとピアソラは面白くない。

「それはどうかな」

「え？」

「あいつがどんな能力に目覚めたのかは知らねぇ。でも……きっかけは、追放してソロで戦ったからだとオレは思うぜ。キツイ言い方だけど、あいつは追放して、ソロでやらせて正解だった。オレたちとだったら、全員が無理して守るハメになってただろうな」

「同感。S級冒険者になれたのはすごいと思うけどぉ……一人じゃ、いずれ死ぬわねぇ？　まぁ、本人もそれを望んでるんじゃないかしら？」

サーシャは、紅茶のカップをソーサーに置く。

「そういや、ちゃんと聞いたことねぇな。サーシャ、ハイセとはどんな出会いだったんだ？」

「家が隣同士で、自然と遊ぶようになった。私とハイセの両親が魔獣に襲われて、その時に助けてくれた冒険者に憧れて、私たちも冒険者に憧れた。お互い、能力を持っていたし、両親を同時に失ったからな……一緒にいるのが当たり前だった。その後、ガイストさんに師事し、下積みを終えて二人で『セイクリッド』を結成した」

「オレが最初に加入したんだっけな。懐かしいぜ」

「その次は私。そしてタイクーン、ロビンでしたわねぇ」

過去を懐かしむ。ピアソラは、意地悪そうに言った。

「ハイセが戦いに付いてこれなくなったのも、このころでしたわねぇ?」

「……………そうだな」

思い出すと、サーシャは苦しそうな笑みを浮かべる。やはり、まだ吹っ切れてはいないようだ。

サーシャにとってハイセは、今でも大事な存在なのだ。

「……な、サーシャ」

「ん?」

「オレが付いてる。そう、苦しそうな顔するな」

「レイノルド……うん、ありがとう。ふふ、お前は本当に頼りになるな」

「まぁな。もっと頼っていいんだぜ?」

「ああ……そうさせてもらうよ」

「むぅぅぅ!!　サーシャ、サーシャ、私も、私も!!」

「ああ、ピアソラも」

「うん!!　ね、サーシャ、今日も一緒にお風呂《ふろ》入りましょうねぇ!!　くっくっく……一緒に洗いっこするんだから。くひひ」

「……オレを見て言うなよ。べつに羨《うらや》ましくねぇからな」

実はかなり羨ましいというのはナイショのレイノルド。すると、憩いの場に誰かが来た。

白いマントを着た青年だ。丁寧に一礼する。

「失礼します。S級冒険者サーシャ様、王家より招集命令です」

王城からの使いだ。手には書状を持ち、サーシャに差し出してくる。

「わかりました。ありがとうございます」

使いが帰り、サーシャは書状を広げる。そこには、緊急招集の知らせが書かれていた。

「おいサーシャ……それ」

「ああ。王家の招集……只事《ただごと》ではない」

「……むぅぅ、せっかくのお茶会に水を差して!!　許しませんわ!!」

「……行ってくる」

サーシャは立ち上がり、書状を懐にしまってクランホームを出た。

サーシャがハイベルグ王城前に到着すると、ハイセも同じタイミングで到着した。

顔を見合わせ、ハイセは何も言わず王城の正門へ。サーシャも、無言で隣に並んだが何も言われなかった。

「S級冒険者『闇の化身』ハイセ様、同じく『銀の戦乙女』サーシャ様ですね。ご案内します」

門兵に案内され城の中へ。そのまま、大会議室に到着し、室内へ。

城の中で、最も広い会議場内には、十五人ほどいた。その中には、ハイベルグ王国の王子であるクレス、ミュアネもいる。礼服やドレスではなく、冒険者の装いで椅子に座っていた。

ハイセとサーシャは、クレスたちに一礼する。

「遅れて申し訳ございません。S級冒険者ハイセ、到着しました」

「同じくS級冒険者サーシャ、到着しました」

「ああ、構わない。オレが誰よりも早く来ただけさ。みんなと違って、オレはここに住んでるからね」

クレスがニコッと笑う。ミュアネはサーシャを見て喜んでいたが、ハイセを見て舌をべーっと出した。

さっそく二人は並んで座る。ハイセの前にはガイストが座っており、ハイセとサーシャを見てほんの少しだけ微笑《ほほえ》み、頷いてくれた。すると、見計らっていたようなタイミングでドアが開き、国王バルバロスと宰相ボネットが入って来た。

全員立ち上がり、一礼する。バルバロスが軽く手を上げて座ると、全員が着席した。

「前置きはナシだ。本題に入る」

重々しく、バルバロスが威圧する。

かつてのS級冒険者、『覇王』バルバロスと呼ばれた冒険者の圧力は、引退してなお健在。

この場にいるのは宰相ボネットを含め、全員がS級冒険者。修羅場をくぐった者たちではあるが、バルバロスの圧に全員が押される。

「王都からほど近いところに発見された最上級ダンジョンに、スタンピードの兆候がある」

「なっ……マジかい？」

思わず声に出てしまい、ボネットにジロっと睨まれたのは、S級冒険者『戦うお母さん《バトルマザー》』ママチャだ。年齢三十八歳。三人の息子を育てる現役《げんえき》のママであり冒険者だ。

国王の喋りを止めるという無礼に、思わず口を押さえる。だがバルバロスは気にせず、ガイストを見る。

「ガイスト」

「はっ。この情報は、冒険者ギルドが調査して判明した事実だ。つい最近発見された新規ダンジョンで、現れる魔獣の討伐レートを計算し、最上級ダンジョンと認定。その後、地下六十階層までハイセに調査を依頼し、その後一般開放……ここまでは普通のダンジョンの調査と変わりないが、その後だ」

ガイストは、ハイセを見ながら言う。

「地下六十階層に現れるボス、『タイラントボマー』が、十階層に現れた。それだけじゃない。四十～五十階層に現れるはずの魔獣が、ダンジョンの序盤に出現……もともと序盤にいた魔獣が、ダンジョンから押し出されるように外へ出始めた」

「……スタンピードの兆候、まんまじゃねぇか」

S級冒険者にして、王都で五指に入るクラン『バーバリアン』のクランマスター、ジョナサンが舌打ちする。ガイストは頷いた。

「そうだ。ダンジョンの最深部……そこで、ダンジョンボスによる繁殖が行われている可能性が高い」

ダンジョンボスにも寿命がある。ダンジョンボスは、ダンジョンの『命』そのもので、ダンジョンボスを倒すとダンジョンは死ぬ。ダンジョンボスは、死ぬ前に後継を作るため、自らの命をもって魔獣を生み出すのだ。

後継を生む過程で生まれるのが、ダンジョンボスの排泄物……つまり、魔獣。

その排泄物が生まれる数は、ダンジョンボスの強さによって変化する。

だが……かつて、中級ダンジョンでスタンピードが発生した時に生まれた魔獣の数は、約二万。

今回は最上級ダンジョン……はっきり言って、どうなるか予想できない。

「スタンピードを止める方法は一つしかない」

バルバロスが重々しく言う。ガイストが頷き、この場にいる全員に言った。

「スタンピード時に発生する魔獣を全滅させる……これしかないのが現状だ」

「チッ……」

「やっぱりねぇ」

ジョナサン、ママチャが苦々しい顔をする。この二人は、かつての中級ダンジョンスタンピードを経験している。ママチャは子供だったが、被害数などを聞いて驚いたものだ。

「あ、あの!!」

サーシャが挙手。ガイストが視線を向けた。

「どうした?」

「最上級ダンジョンに入り、最下層のダンジョンボスを倒すのは? それと合わせ、後継を一緒に……」

「無謀だねぇ、お嬢ちゃんよぉ」

S級冒険者の一人、王都で五指に入るクラン『ジャッジメント』のクランマスター、ケイオスだ。

サーシャの身体を舐《な》め回すように見て言う。

「周りからチヤホヤされて有頂天なんだろうけどよ、S級なりたてのお嬢ちゃんはスタンピードの恐ろしさをわかっていねぇ。スタンピード兆候のあるダンジョンなんか踏み込んでみろよ？　五階層に辿《たど》り着く前に仲間とお前は挽《ひ》き肉になり魔獣の餌だ。知らねぇのか？　スタンピードダンジョンに現れる魔獣の討伐レートは、平均で二段階上がるんだよ」

「……え」

「お嬢ちゃんは黙ってな。戦いは任せて、疲れたオレらを慰める役目でもしてくれや。けけけ、いいモン持ってそうだしな」

と、サーシャの胸を見て下品に笑う。サーシャはカァッと赤くなり、俯《うつむ》いてしまう……すると。

「くっだらないな」

「……あぁ？」

「逃げ腰野郎。ビビってるなら、いちばん後ろでふんぞり返ってろ。サーシャは事態を解決するための可能性を提示したに過ぎないだろうが。最初から否定するような臆病者に、サーシャを侮辱する資格なんてない」

「何ぃ⁉」

「スタンピードを止める方法、探せばあるかもしれないだろ。そういう考えも出せないなら黙ってろ、このチキン野郎」

「……このガキ」

ケイオスが立ち上がる。ハイセはジロっと睨むだけだった。

「やめろ。王の御前だぞ!!」

宰相ボネットが叫んだ。王に匹敵《ひってき》する圧力に、ハイセもケイオスも黙り込む。

「サーシャの言いたいことはわかる……が、ケイオスの言うことも間違っていない。我々にできるのは、出現した魔獣を狩ることだけ……ガイストよ、周辺国の冒険者ギルドに応援を要請してくれ。ボネット、こちらは兵の準備を」

「かしこまりました」

「冒険者たち。クランを総動員し、魔獣の迎撃準備をするように。資金は全て国が持つ」

その言葉に、クランマスターたちは驚いた。スタンピードは、それほどの脅威だと改めて認識もする。

「未曽有《みぞう》の危機だ。我々が一丸とならなければ、この国は終わる……頼むぞ、冒険者たち」

こうして会議は終わり、クランマスターたちは早々と退室した。

最後に部屋を出たハイセは、のんびりと王城を出た。すると、正門前でサーシャが待っていた。

「あ、ハイセ……」

「…………」

「その、礼を言いたくてな」

サーシャは、ハイセの隣に立ち、並んで歩き出した。

「会議場ではああ言われたが……私は、スタンピードを止める方法はあると思う」

「ダンジョンの最下層か？」

「……ああ」

「気持ちはわかる。でも、やめておけ。俺たちに許されたのは、決壊したダンジョンから溢れ出る魔獣を殺すことだけだ」

「……ハイセ」

「お前が死んだら、みんな悲しむぞ。お前は、若い冒険者たちの憧れなんだからな」

「…………」

「サーシャ」

「……え？」

久しぶりに名前を呼ばれ、サーシャは思わず顔を上げた。

「早くクランに戻って、仲間たちに報告しろ。お前の言う最高のチームで、戦う準備をするんだ」

「……お前はどうするんだ」

「俺はいつもどおりさ、一人でいい。一人が楽だ……お前が、教えてくれたことだぞ」

そう言い、ハイセは城下町に消えた。

第八章　冒険者たちの戦い

「…………」

ハイセは、宿屋で古文書を読んでいた。

スタンピード対策会議から十日。各クランはスタンピード戦の準備をしている。

ハイセも、自分なりの準備を進めるため、古文書を読みふける。

「…………これは使えるな」

ハイセは、新しく使える武器を増やしていた。

異世界の文字で書かれた本。何度も繰り返して読んでいると、読めるページが増えていく。

時間をかければ全部読める……そう思っていたのだが、古文書が終わる気配がない。まるで、ハイセが読むたびにページが増えるような。そんな本だった。

「使える武器はこれで二十。試し撃ちしたいけど……」

現在、冒険者ギルドは全《すべ》ての依頼を一時中断。王都からの外出禁止。食料は配給制になった。

スタンピードのことが、大々的に知らされたのだ。王国を出て他国へ避難する住人も多かった。そして今、王国は封鎖……分析によると、スタンピードは数日以内に発生すると、最上級ダンジョンを監視している冒険者から報告があった。

ハイセは、宿屋の一階で薄い紅茶を飲む。そして、金貨を数枚置いた。

「延長一か月、朝食と紅茶付きで」

「………」

店主からの返事はない。

ハイセが延長料金を払う日は適当だ。払って数日後にまた払うこともあるし、払い忘れそうになったこともある。今回は、前に払ってから二十日後の支払いだ。妥当な期日だが、店主は何も言わない。

すると、店主は暗い顔をして言った。

「……もう、いらんよ」

「……？」

「うちはもう廃業だ。スタンピード……また、あの悲劇が」

「……あんた、知ってるのか？」

「ああ。三十年前、ワシはスタンピードで襲われた村の出身だ」

「え……」

「娘夫婦、孫を失った……この宿屋はな、ワシが娘夫婦に譲るために、苦労して買った物件なんじゃ。この物件を買うために王都へ下見に来ていた……その時、スタンピードが発生し、ワシの村は壊滅した」

「…………」

「何も……何も残らなかった。住んでいた家も、娘夫婦がやっていた宿屋も、孫が大事にしていた人形も……遺体も。あったのは更地だけ、魔獣の足跡だけ……ワシの村は、魔獣たちの通り道だったんじゃ」

「…………」

「小さな村の宿屋だった。娘夫婦は、王都で宿を開きたいと言った……孫が大きくなれば学校にも通わせられると、ワシは反対しなかった……貯金をつぎ込んで、このボロ宿を買った……今でも思う。内緒にせず、プレゼントなど考えず……一緒に、下見をしに行けば……」

店主の持つ新聞紙が、ぐしゃぐしゃになっていた。身体が震え、涙が新聞紙を濡《ぬ》らす。

ハイセは、何も言わなかった。そして、店主のいるカウンター席に、金貨を置く。

「延長、一か月。朝食と紅茶……それと、新聞付きで」

「…………」

「スタンピードで壊滅なんかしない。王都は俺《おれ》が守るからな」

「…………お前さん」

カウンター席に近づいて、店主と顔を合わせたのは初めてだった。

いつもはチラッとしか見ない。だからこそ、今気付いた。店主の足元に大きなビンがあり、そこに大量の金貨が入っていることに。ハイセが支払った金貨は、ほとんど手つかずだった。

　きっと、店主がこの宿屋をやっている理由は、金のためでも生活のためでもない。『王都で宿屋を始める』という娘夫婦の夢を、代わりにやっているだけなのだ。それは、贖罪《しょくざい》なのか……ハイセにはわからないし、どうでもいい。

「あんたが死ぬまで、ここは俺の拠点だ。だから、死ぬまで生きろ。あんたが娘夫婦の代わりに宿屋を続けてるなら、最後までやりきってくれよ」

「……………」

「それに、前にも言ったよな？　ここの軋《きし》むベッドや、壊れかけた床板の音とか、けっこう好きなんだよ。薄い紅茶も、硬いパンも、慣れると病みつきだ」

「…………ハッ」

　店主は、ハイセの前で初めて笑った。テーブルの金貨を摑《つか》み、足元のビンに入れる。

「延長一か月、朝食と紅茶、新聞付きだな……用意しておこう。その代わり、言ったことは守れ」

「ああ」

　ハイセは笑い、宿屋を出ようとした。

「……ありがとうな」

　何か聞こえた気がしたが、気のせいだと決めて宿を出た。

ハイセは、冒険者ギルドへ。ギルド内はほとんど誰《だれ》もいない。受付カウンターに新人受付嬢がいるだけだ。

ハイセに気付くと、カウンターに突っ伏していた新人受付嬢がガバッと起き上がる。

「わわわっ⁉　はは、ハイセさん？　えっと、何か用事ですか？」

「人、全然いないな」

「そりゃまぁ。依頼は受け付けていませんし、今ある依頼も緊急以外は停止中ですし。それに、冒険者さんたちはみんな、クランから支払われる報酬のために、臨時でクラン入りしてますし」

冒険者は、ハイセのようなソロ、クランに所属しているチーム、所属していないチームの三つに分けられる。現在、各クランは、戦力増強のために無所属のチームを金で雇い、チームを強化していた。

スタンピード後、戦闘に貢献したクランに、ハイベルグ王国から莫大な報奨が支払われるから無理もない。少しでも報酬のためにチームを強化するのは当然の策だ。

「ぶっちゃけ、今の冒険者でソロやってる人、ほとんどいませんよ？　ハイセさん以外のソロも、王都のクランに雇われてるみたいですし。それでもソロの人はいますけどね……プレセアさんとか」

ハイセは、カウンターで新人受付嬢と話をする。

この、他人の顔色を窺《うかが》わず、ストレートな物言いをする新人受付嬢が、ハイセは嫌いじゃなかった。

「スタンピードかぁ……王都、どうなっちゃうんですかねぇ」

「ま、大丈夫だろ。冒険者は大勢いるし、俺も戦うからな」

「おお、頼りになりますねぇ。えーと……援軍を混ぜて、王都にいる冒険者は五千人くらいですね。そして、ギルマスが出したスタンピードから現れる魔獣の数は……うっげぇ、七万ですって」

「一人頭、魔獣十四匹か。けっこう楽勝だな」

「計算早っ。というか、えええ～……絶対厳しいですって」

「まぁ、俺一人で千はやるけどな」

「かっこいい!! なーんて、無理しないでくださいね」

「無理しないと王都は崩壊するぞ。たぶんだけど、王都が突破されたら、あっという間に魔獣に荒らされて、みんな死ぬ」

「げぇぇ……」

新人受付嬢は「うげぇ」と舌を出す。ハイセと同い年くらいの少女なのに、なかなか顔芸が達者だった。

「ね、ね、ハイセさん。スタンピードで生き残ったら、どうします？」

「どうもなにも……いつもの日常が戻ってくるだけだろ」

「クラン、作りませんか？」

「作らない。俺はソロでいいし、そろそろ『禁忌六迷宮』の情報を集めて、対策を練る」

「……本気で挑むんですねぇ」

『禁忌六迷宮』。まず、現時点で挑戦可能なのは　砂漠の国ディザーラが厳重に入り口を管理している『デルマドロームの大迷宮』と、西方にある極寒の国フリズドの管理する湖『ディロロマンズ大塩湖』だ。

「まず、南方にある砂漠の国へ行って、デルマドロームの大迷宮について調べる予定だ。しばらく、王都を留守にする」

「えー……」

「いや、なんだよ『えー』って」

新人受付嬢と二人で話していると、二階の階段からガイストが降りて来た。

「ハイセ、ギルドに何か用か？」

「はい。ガイストさんにお願いがあって」

「え？　あたしとお話ししに来たんじゃないんですかー？」

「んなわけあるか。ガイストさん、いいですか？」

「とりあえず、ワシの部屋に来い。ミイナ、茶を頼む」

「はーい」

「…………」

「ん？　どうしたんですか、ハイセさん」

「お前、ミイナって名前だったんだな」

「えぇぇぇぇ!?　今知ったんですかぁ!?」

ハイセはガイストの部屋へ。ミイナが運んできたお茶は、酷《ひど》い味だった。

二人きりになり、ハイセはさっそく切り出す。

「ガイストさん。スタンピード戦……俺に、先陣を切らせてください」

「何？」

「スタンピード。魔獣はかなりの数が王都に向かってくるんですよね？　後衛部隊が『能力』で遠距離攻撃をして数を減らし、前衛部隊が少なくなった魔獣を直接戦闘で片付ける……最初、後衛部隊が攻撃を仕掛ける前に、俺にやらせてください」

「……策があるのか？」

「あります。俺の『武器《ウエポン》』で、数を減らします」

「……わかった。ただし、後衛部隊が攻撃を仕掛けるタイミングになったら、攻撃を開始する。

お前は最前線のさらに前に移動し、そこで攻撃を仕掛けろ」

「い、いいんですか？」

「なんだ、自分から言い出したことだろう？」

「そうですけど……まさか、あっさり許可をくれるなんて」

ガイストは、スタンピード戦の総指揮官に任命されていた。

ハイセの最前線での攻撃はガイストの説得が全てだったが、あっさりと許可をもらえたことに、ハイセは驚いていた。

「お前が何をするのか知らんが、お前が言うことは信頼しているよ」

「ガイストさん……」

「実はな、サーシャもワシのところへ来た。『最上級ダンジョンに入る許可が欲しい』とな……当然、却下した」

「……………」

「サーシャのチームは最前線のど真ん中に置く。ここで活躍できれば、あいつを舐《な》める者もいないだろう」

「ガイストさん……」

「あの子は、まっすぐだ。まっすぐすぎて、お前の苦しみを理解できなかった。ハイセ……何度でも言うが、サーシャと仲良くやってくれ」

「…………」

「ふ、まぁいい。とにかく、無茶はするなよ」

こうして、ハイセの『戦い』が始まろうとしていた。

◇◇◇◇◇◇

サーシャは、スタンピード戦の準備に追われていた。

所属チームは十八。総勢百名ほどのクラン『セイクリッド』は、それぞれのチームが王都を守るための意欲に燃えていた。

だが、サーシャは決めていた。サーシャは、チームのリーダーを集めて説明する。

「前線へ出るのは、私たち『セイクリッド』だけ。残りのメンバーは、王都の防衛だ」

事前に、決めていたことを今日説明する。

『セイクリッド』所属のA級チーム、『ダイモンズ』のリーダー、バフォメが言う。

「やっぱりアンタはそう言うと思ったよ」

二十代後半、妻子持ちのバフォメは苦笑する。現在、A級チームは三チームの『セイクリッド』……リーダーは全員妻子持ちだ。バフォメだけではない。残り二チームのリーダーも、苦笑していた。

「悪いが、これは決定事項だ。A級チームは城壁の防衛、B～C級は最終防衛ラインで待機、D級以下のチームは城下町の巡回だ。お前たちが担当する王都の防衛、巡回の指揮は、ハイベルグ王国騎士団が担当する」

「ま、待ってください!!」

ロランが挙手。サーシャは、ロランを見た。

「ぼ、ボクたちも前線に出れます!!　このクランに入って鍛えられたおかげで、能力だって強くなったし、その……」

「わかっている。だからこそ、本部待機ではなく、城下町の巡回なんだ」

「ど、どうして……」

「……私が、まだ未熟だからだ」

「え?」

「クラン『セイクリッド』は、結成間もないクランだ。最前線に出るのは、全員がS級認定されてもおかしくない、古参クランの冒険者たちばかり……我々は、クランとしては未熟なんだ」

「…………」

「みんなが、私を信じて付いてきてくれることは知っている。その期待に応《こた》えたいと思う。だが、もう少し時間が欲しい。きっと、みんなが誇れるクランになる」

「サーシャさん……」

クラン『セイクリッド』は、サーシャたち五人以外は王都の防衛と巡回。サーシャたちは最前線へ。これは冒険者クランの会議で正式に決まっていた。

もちろん、他のチームでも警備と巡回はある。だが、最前線に出るチームは、各クランから合わせて四百以上、冒険者の合計は二千を超える。ここに他国からの救援などを含めると、総勢五千以上の冒険者が集まり、最前線で戦うことになる。

「スタンピードまで残り数日……全員、気を引き締めて挑むように」

会議が終わり、サーシャ以外退室。そして、チーム『セイクリッド』のメンバーが入ってきた。

「全員で戦うの、久しぶりじゃねぇか？　タイクーン、大丈夫かよ？」

「当然だ。そういうレイノルドこそ、武器の手入れはしているのか？」

「当たり前だろ。な、ピアソラ」

「気安く話しかけないでくれますぅ？　んんサーシャぁぁ……久しぶりに、一緒に戦えるぅ」

「ああ。みんな、頼むぞ」

「まっかせてよ!!　あたしたち無敵の『セイクリッド』に、敵なんていないんだから!!」

チーム『セイクリッド』は一丸となり、スタンピード戦に挑む。

ハイベルグ王国、王都内は静寂に包まれていた。

それもそのはず……本来いるべき住人たちは皆、自宅待機を命じられ、冒険者たちが王都内を巡回して町に人がいないか確認をしていた。そして、多くの冒険者たちが、王都の正門前にいた。

これから向かってくる、魔獣たちを相手するために。そしてサーシャは、正門前で静かに佇《たたず》んでいた。

「………」

「静かだな、サーシャ」

レイノルドが、サーシャの隣で呟《つぶや》く。

両手に、異なる大きさの盾を装備したレイノルドは、サーシャの横顔を見る。大きな戦いの前に、いつもサーシャは無言で精神統一をしていた。

「勝とうぜ、サーシャ」

「ああ」

「あのさ、この戦いが終わったらよ……その、美味《うま》いモン食おうぜ」

「ふ……そうだな」

「その、それと……いい店があるんだ。美味いワインでも、どうだ?」

「……ああ。いただこう」

「……おう!!」

サーシャは、周囲を見渡す。多くの冒険者たちが、自分の武器を手に前を見つめていた。

スタンピード戦。魔獣の数は推定七万。その全てが王都正門前から、ただひたすら直進してくる。

ダンジョンから溢《あふ》れた魔獣は『スタンピード魔獣』といい、その全てが討伐レート以上の強さを誇る。そして、ほぼ全てが理性を失っており、ただひたすら前を目指して進む。

途中、町や村などがあっても、とにかく前に進む。町や村は、そうやって蹂躙《じゅうりん》される。

七万の数が、王都になだれ込んだら……そこは、ただの廃墟となるだろう。

なので、絶対に止めなければならない。すると——サーシャたちの真上を飛ぶ鷹《たか》が叫んだ。

『スタンピード魔獣確認!!　距離、約五キロ!!』

能力により使役された使い魔だ。すると、別の鷹が叫ぶ。

『遠距離攻撃班、攻撃準備!!　攻撃可能ラインを超えたら攻撃開始だ。スタンピード魔獣を、一歩たりとも王都に入れるなよ!!』

ガイストの声。総指揮官であるガイストは、鷹を経由して指示を出す。

『先陣は『闇の化身《ダークストーカー》』ハイセが切る。見れる者は見ておけよ……ハイセが自ら先陣を切ると言い出した理由が、わかるだろう』

「……ハイセ？　──っ」

サーシャが疑問符を浮かべた次の瞬間。

「お、おい⁉」

レイノルドを置いて近くの高台へ登り、正門の向こう側を見た。


王都から先の平原に、ハイセがいた。多くの最前線部隊が、ハイセの背中を見ていた。

「ったく、ガイストさん……余計なこと、言わなくてもいいのに」

ハイセは、たった一人で多くの視線を背中で受け止めながら苦笑する。

地面から振動が伝わってくる。多くの魔獣が迫ってくるのがわかった。

「ただ前を見て進む、か……ある意味、羨《うらや》ましいかもな」

振り返らず走るだけ。

過去を振り切ったつもりが、本人を前にするとまだ未練があるハイセからすれば、羨ましい。

一人で戦うと決めたが……今は少しだけ、心細かった。

たった一人で、先陣を切る。今になり、その恐ろしさを実感する。

ハイセは、一度だけ、首だけで後ろを見た。

そして──見た。

「………」

最前線部隊の先頭に立つ、サーシャの姿を。ハイセをまっすぐ見る、美しい銀髪の少女を。

その視線を背中で受け止めたことをハイセは誇らしく感じた。そして、気が付くと……恐怖が、消えていた。

「へっ」

ニヤリと笑い、両手をバッと広げる。ハイセの能力、『武器マスター』により、巨大で細長い直方体の『筒』が二つ、左右の手に持ち、両肩で支えられるように現れたのだ。

同時に、見えた。地面が揺れる。七万の軍勢が迫る。

ハイセは、両肩で支えた二つの巨大な『筒』をスタンピード魔獣の群れに向ける。

そして、上空を飛ぶ鷹が叫んだ。

『頼むぞ、ハイセ!!』

「行くぞぉぉぉぉぉぉぉぉぉぉぉぉぉぉッ!!」

筒から発射されたのは、Ｍ74焼夷《しょうい》ロケット弾。

ハイセが両肩で支える武器の名は、『Ｍ２０２ＦＬＡＳＨ《ロケットランチャー》』

発射された合計八発のロケット弾は、ばらけるように飛び、魔獣の群れに着弾すると同時に大爆発《ばくはつ》を引き起こした。上空に吹き飛ばされるオーク、オーガ、コング系魔獣。バラバラになり肉片が飛び散り、八発のロケット弾で二百以上の魔獣が吹き飛んだ。

ハイセはロケットランチャーを投げ捨て、両手に新たな武器を生み出す。

「ブチ撒《ま》けろァァァァァァァァァァァ!!」

『M134《ガトリング砲》』……本来、『セントウキ』という物に取り付ける大型の武器を手持ちに改造した武器。一分間に四千発の弾丸を発射する武器が、ハイセの両腕にあった。

かなりの重量だが、ハイセは両手に持ち引金を引く。すると——一分間に八千発という、冗談みたいな数の銃弾が発射され、向かってくる魔獣たちが挽《ひ》き肉となった。

「うぉあァァァァァッ!!」

ガルルルルルルルルルル!!と、薬莢《やっきょう》がハイセの傍《そば》で山のように積まれていく。

ハイセは、たった一人で千以上の魔獣を屠《ほふ》っていた。

想像以上の成果に、ガイストは声が出ない。ハイセの背後にいた最前線部隊も、愕然《がくぜん》としていた。

サーシャも、驚愕《きょうがく》する。

「あ、あれが……ハイセの『能力』」

ガトリング砲が弾切れになり投げ捨て、ロケットランチャーとガトリング砲を両手に生み出し乱射。爆発と弾丸の雨が降《ふ》り注《そそ》ぎ、魔獣たちを蹂躙する。だが——さすがに、ハイセ一人では無理だった。

二千を倒すか倒さないかというところで、魔獣たちが遠距離攻撃部隊の射程に入ったのだ。

「ガイストさん!!」

ハイセは叫び、ロケットランチャーを投げ捨て離脱。

右手に『M4カービン』を持ち、威嚇射撃をしながら後退すると、ガイストが叫ぶ。

『遠距離攻撃開始!!』

能力により強化された矢、魔法が飛び始め、スタンピード魔獣への攻撃が始まった。

◇◇◇◇◇◇

「始まった」

クレインは、上空から魔獣と冒険者たちが激突する瞬間を観戦していた。

その視線の先には、サーシャが映る。

「女ぁ……魔獣にヤられちまいな。最後、死ぬ間際《まぎわ》になったら、オレが殺してやるからよ」

失った右腕を擦《こす》りながら、チラッとハイセを見る。

「……それにしてもあいつ、何なんだ？　あの武器……どこかで」

予定では、もっと血みどろの乱戦になるはずだった
ダンジョンボスを刺激し、スタンピードを発生させ、王都を混乱状態に落とし、魔獣と冒険者を激突させる。最上級ダンジョンのスタンピードなら間違いなく蹂躙できると思ったが、冒

険者たちの結束力と、ハイセの攻撃により、冒険者たちの士気がまるで落ちなかった。

「まぁ、いいや……あの妙な力を使うガキ、要注意だな」

そう呟き、もっと近くで観戦するためクレインは地上へ下りた。

◆◆◆◆◆◆

ハイセは最前線まで退避。言葉がおかしいが、最前線部隊まで下がると、全員に叫ぶ。

「来るぞ‼　全員、構えろ‼」

ハイセはグレネードランチャーを右手に、アサルトライフルを左手に持ち、『RPG―7』を背負い、腰のベルトに『デザートイーグル』を三丁差した。

すると、困惑した声が。

「ハイセ‼　怪我《けが》はないのか⁉」

サーシャだった。レイノルドを振り切り、ハイセの傍に来て顔を覗《のぞ》き込む。

驚いたハイセは思わずのけぞり、すぐに顔を引き締める。

「だ、大丈夫だ‼　いいから構えろ、来るぞ‼」

「あ、ああ。よし、行くぞレイノルド‼」

「……おう」

後方では、魔法と矢が飛んでいる。魔獣たちが押されているのか、倒れた魔獣が邪魔になり転倒する魔獣や、避《よ》けながら動く魔獣と勢いが落ちているのがわかる。

一万ほどの数は魔法によって削られただろうか。最前線部隊が武器を手に、雄叫《おたけ》びを上げた。

『最前線部隊!!　そろそろ出番だ、頼むぞ!!』

上空を旋回する鷹が叫ぶ。そして、最前線部隊に展開する冒険者たちが、一斉に地面に手を触れた。

「『防壁展開』!!」

大地を操作し防壁を展開する能力だ。『防壁』の能力者たちが展開した土壁に、魔獣たちが体当たりしていく。

「全員、踏ん張りな!!　さぁ——戦うお母さんの力、息子に見せてやろうかねぇ!!」

最初に飛び出したのはハイセではない。

ハイセは二番目。飛び出したのは、『戦うお母さん』ママチャだ。

手に持つのは、直径五メートル以上、横幅三メートル以上ある『大戦斧』だ。ハイセと同じくらいの身長なのに、ママチャは片手で斧《おの》を持ち、誰よりも身軽に駆け抜ける。

「ぬぅぅぅぅぅぅぅぅぅぅゥゥゥゥゥッぉォおおおおおおおおおっ!!」

ママチャが力むと……なんと、ママチャが『巨大化』した。

能力『巨大化』により、身長が十メートルを超えたママチャ。斧を片手で軽々振ると、魔獣が五十以上薙《な》ぎ払われた。

「ハイハイハイハイハイ!!　今日の夕飯までには終わらせたいんでね、チャッチャとやるよアンタら!!」

「「「「へい、ママ!!」」」」

ママチャのクランに所属する冒険者たちが、一斉に戦闘を始めた。

防壁が砕け散り、魔獣がなだれ込む。すると、S級冒険者のジョナサンが振るう『鞭』が数百メートル伸び、三十以上の魔獣に絡《から》みつく。

「へいベイベェ……踊ろうぜ!!」

鞭が振動し、魔獣たちが弾《はじ》けた。能力『振動』と、ジョナサンにしか使えない長さ五百メートルまで伸びる『サウザンウィップ』による攻撃だ。S級冒険者『絡みつく愛《アイラビュート》』ジョナサンは、クランメンバーに言う。

「愛だぜ愛。さぁ、可愛《かわい》い子ちゃんたちに教えてやりな!!」

「「「「イエス、ラブ!!」」」」

ジョナサンのクランメンバーたちが戦いを始める。そして、今度はS級冒険者のケイオス率いるクランが動き出した。

「ふん、やるじゃねぇか。でも……一番稼ぐのは、オレのクランだ」

ケイオスは、戦闘を始めたサーシャを見る。十六歳にしてはなかなかの身体つきだ。胸も大きく、腰のくびれもケイオス好み。ベッドに押し倒せば、あの凛々《りり》しい顔がどんなに乱れるのか。考えるとワクワクした。

ケイオスは、腰にある投げナイフを両手に持ち、魔獣に向かって投げる。

「稼いだ金貨で、いい女と遊ぼうぜ。やっちまえ、野郎ども‼」

「「「「おう、頭《かしら》ァ‼」」」」

ポタポタと、ナイフに透明な液体が付着する。それはケイオスの手から分泌された、『能力』による液体だ。

「チャンスはある。なぁ……？　サーシャちゃんよぉ？」

◇◇◇◇◇◇

ガイストの傍に、クレスはいた。

ガイストは現在、四人に増えている。『倍加』したガイストをさらに『倍加』し数を増やすことで、戦場にいる全ての冒険者たちに的確な指示が伝わっていた。が……クレスの顔色が悪い。

クレスの傍にいる宰相ボネット（なぜか付いてきた）が、やや心配そうに言う。

「殿下。やはり『倍加《ダブル》』の『倍加』は、ご負担が……」

「構わない」

きっぱりと言い切った。その眼はまっすぐ前を見据え、凛々しく輝いている。

「今も、国民は不安な時を過ごしている。オレは学んだんだ……今できることを必死にやる。どちらが優先なのかじゃない、どっちかを救うんじゃない、全てを救うためにできることをする。これがオレがやらなきゃいけないことなんだ。そのために身を削るのなら、むしろ心地いいさ」

ボネットは感じた。クレスの眼は、国王バルバロスそっくりだった。

サーシャに同行し、冒険者としての在り方を見て、成長したようだ。

すると、遠距離部隊のサポートをしていたミュアネが走ってきた。

「ガイスト、ボネット、お兄様!! はぁ、はぁ、あ、アタシにできること、何かない⁉」

「お、王女殿下。狙撃部隊は……」

「もう前線部隊が戦ってる。アタシの力じゃ巻き込んじゃうから……でもでも、できることあるよね⁉ なんでもやる。アタシだって、この国を守るんだから!!」

クレスと同じ目をしていた。ミュアネも、成長していた。

ボネットは緩みそうになる口元を押さえて言う。

「では、城下町へ向かいましょう。冒険者たちが優勢と、国民たちにお伝えするのです。そうすれば国民たちの不安も、少しは薄れましょう」

「わかった!!　じゃあ、行くわよ!!」

ミュアネは走り出し、部下が慌てて後を追う。

クレスはミュアネを見ていない。ミュアネも、兄にべったりだったのにクレスを見ていない。

「……………陛下にお見せしたいですな」

ボネットはそう呟き、不思議とウズウズしてる自分を必死に抑えた。

◇◇◇◇◇◇

サーシャは、全身を『闘気』で包み込み、剣に纏《まと》わせ魔獣を刻む。

背後に接近した魔獣をレイノルドがガード。その瞬間、どこからか飛んできた矢が魔獣の頭部を貫通した。その矢がロビンのモノだと知り、親指を立てて感謝する。

「サーシャ!!　大丈夫かよ!?」

「はぁ、はぁ……あ、ああ!!　お前も無理するな!!」

「おう!!　ちくしょう、わかっちゃいたがメチャクチャな数だ!!　防壁を抜けてくる魔獣がかなり多い!!　S級冒険者がいても、守り切れるかわからねぇぞ!!」

レイノルドの言う通りだ。魔獣を討伐した数は二万を超えない程度。半分にも達していない。

負傷者は増え、後方待機している回復専門の能力持ちが治している。治ってはまた前線に出て戦い、怪我をしたらまた戻り……それを、魔獣が全て掃討されるまで繰り返すのだ。

まだ、一時間も経過していない。S級冒険者だって人間だ。このままのペースで戦い続けられるわけがない。

だが、サーシャは剣を振るう。

疲労の色が濃い。終わりの見えない戦いに、肉体的にも精神的にもサーシャは疲労していた。

そう、サーシャはS級冒険者だがまだ十六歳。他の冒険者たちに比べると、経験が浅い。

サーシャの『闘気』も無限に使えるわけではない。自分でも気付かぬうちに、ペース配分を誤っていた。

「とにかく戦うんだ、戦って、魔獣を――」「サーシャ!!」『――!!」

サーシャの背後にいつの間にかゴブリンが。ゴブリンはサーシャを押し倒し、鎧《よろい》を剝《は》ぎ取ろうとする。

「くっ、この、離せ!!」

「くそ、サーシャ!!　っどわ!?」

レイノルドの前に、オーガが立ちはだかる。攻撃を盾で受け、サーシャに構う余裕がない。

サーシャに、ゴブリンが殺到する。鎧をひっぺがされ、服を破かれ、今まさに凌辱《りょうじょく》されようとしていた。

「やめ、やめろ……やめろぉぉぉぉッッ!!」

『ギャギャギャ、ギャブガ⁉』

するど、ゴブリンが吹き飛ばされた。

真っ黒な服を纏ったハイセが、ゴブリンを蹴《け》り飛ばしたのだ。

そして、『デザートイーグル』を連射しゴブリンの頭を撃ち抜く。

狙《ねら》いをハイセに変えたゴブリンだが、ショットガンを近距離で食らい、内臓をブチ撒けながら吹き飛んだ。残りのゴブリンはアサルトライフルでハチの巣にされ、ようやくサーシャを襲ったゴブリンが討伐される。

「サーシャ‼　怪我は」

「ハイセ……ッ、う、あぁぁっ‼」

サーシャは、ハイセに抱きついた。ハイセは一瞬驚いたが、その身体を優しく抱きしめ、頭を撫《な》でる。

優しい、不器用な手つきが、サーシャの心を癒《い》やす……が、すぐに手が離れた。

「サーシャ。まだまだ数は多い、お前は一度装備を整えてから戻ってこい」

「な、何？」

「あー……その、これを」

ハイセはコートを脱ぎ、サーシャにかける。

サーシャは気付いた。ゴブリンに服を破かれ、上半身がほぼ裸だった。大きく豊満な胸がハイセの目の前で晒《さら》され、顔を赤くしてコートを受け取る。ハイセは、サーシャをまっすぐ見た。

「この戦い、まだまだ激しくなる。お前の力が必要になる。いいか、しっかり態勢を立て直して戻ってこい。それまで、ここは俺が戦う」

「ハイセ……」

「俺とお前の夢は、こんな所じゃ終わらない。こんな戦い、さっさと終わらせようぜ」

「……ああ!!」

「レイノルド、サーシャを!!」

「おう!! ちくしょう……勝ち目なんて、ほとんどねぇなこりゃ」

レイノルドが何かを言っていたが、ハイセには聞こえない。

ハイセは両手にデザートイーグルを持ち、クルクル回転させて構え発砲した。

サーシャは、鎧を回収し、ピアソラのいる後方まで走り出した。

◆◆◆◆◆◆

プレセアは、遠距離攻撃部隊に配置され、その力を遺憾なく発揮していた。

能力『精霊使役《フェアリー》』。ハイセに言ったのは、『精霊同士で遠距離会話』と『精霊が姿を消してくれる』の二つだけ。ここにもう一つ、『精霊が宿す属性を物に付与する』ことができるのだ。

つまり、プレセアは自分の矢に、地水火風の属性を付与し、放つことができる。

「……『火《アグニ》』」

そう呟くと、プレセアと、プレセアと同じ『能力』を持つ者にしか見えない『精霊』が、プレセアの矢に炎を灯《とも》す。すると、鏃《やじり》がメラメラと燃えた。プレセアが矢を放つと、ゴブリンの脳天に突き刺さり一気にゴブリンが燃え上がる。さらに、プレセアが指を鳴らすと、鏃にくっついていた精霊が、周りにいたゴブリンたちを一斉に燃やした。

「数が減らないわね……」

プレセアは、最前線部隊で銃を乱射するハイセに視線を向ける。

ハイセには精霊をくっつけているので、王都にいればどこにいても場所がわかる。

ハイセは無事なようだ。だが、サーシャを襲ったゴブリンをハチの巣にし……サーシャが、ハイセに抱きついている光景を見てしまった。

「………………」

プレセアは、口をキュッと結ぶ。

「『風《ルドラ》』」

そして、鏃に風を乗せて放つ。魔獣に刺さった鏃を起点に、暴風が巻き起こった。

「……別に、気にしてないし」

そう言い、別の鏃に属性を乗せて放った。

◇◇◇◇◇◇

サーシャは、レイノルドと共にクラン『セイクリッド』のクランホームへ戻った。

戻るなり、サーシャは自室へ駆け込み服を全て脱いで全裸となる。新しい下着、鎧下、髪を整え、装備を身に付ける。そして、剣を背に差し準備完了。五分で支度《したく》を終え、ホームを出た。

「大丈夫なのか?」

「ああ……もう、大丈夫」

全てを振り切った表情で、サーシャは空を見上げる。今、こうしている間にも、魔獣たちは進行を続けている。

「レイノルド。迷惑をかけた……」

「気にすんな。仲間じゃねぇか」

「ああ、ありがとう」

サーシャは笑う。レイノルドは、その笑顔を見て、顔をしかめそうになった。

レイノルドが惚《ほ》れたサーシャは、自信たっぷりで、決して諦《あきら》めることがなくて、迷いのないすっきりした表情をいつもしている。今のサーシャは、輝いていた。

「晴れやかな気分だ」

サーシャは立ち止まり、胸を押さえる。

自分の内側にある『硬い何か』に亀裂が入るような感覚がした。

「ハイセ、私は――……お前に救われた」

ゴブリンからだけではない。ハイセの言葉に、サーシャは救われた。

ハイセが言ったのだ。『俺とお前の夢』と……それは、幼い頃の夢ではない。今のハイセとサーシャの夢。

ハイセは最強の冒険者に、サーシャは最高の冒険者チームを作ること。前を向いて進むと決めていた。だが、ハイセに改めて言われ、サーシャは勇気付けられた。

サーシャの中で、何かが砕け散るような感覚がした。

「さぁ、行こう‼　魔獣を食い止め――いや、殲滅《せんめつ》しに‼」

ホームを飛び出したサーシャの全身が、白銀ではなく黄金に輝き出す。

今、まさに……サーシャの『能力』が成長した瞬間。殻が砕けた瞬間だった。

サーシャが走り出すと、一瞬でレイノルドを振り切り、ほんの一分足らずで最前線に戻る。

サーシャは跳躍。正門を飛び越え、背の剣を抜き、思いきり薙いだ。

「黄金剣、『空牙《くうが》』‼」

銀を超え、金となった闘気が刃となって飛ぶ。『ソードマスター』の力が、真に覚醒《かくせい》した瞬間でもあった。

黄金の刃が、数百の魔獣を薙ぎ払う。

「さぁ来い!! 我が剣が折れない限り……ここから先には、決して行かせん!!」

その声は、戦場に響いた。

黄金の闘気が、サーシャが、S級冒険者たちの、全ての冒険者たちの注目を浴びていた。

「ふ……やはり、ボクらのリーダーは違うね」

タイクーンが、魔法部隊の中心となり魔法を連射しながら言い。

「はふぅん……」

その凛々しさにピアソラが気絶。

「えへへ、あたし……サーシャのチームでよかったよ!!」

ロビンが気合を入れた。

追いついたレイノルドは「惚れ直したぜ、マジで」と呟いた。そして——誰よりも魔獣を殺していたハイセは、『デザートイーグル』を投げ捨てショットガンを構えながら……小さく微笑《ほほえ》んだ。

「おっせえよ、サーシャ」

ズドン!! と、ショットガンが火を噴いた。まるで、サーシャを迎える祝砲のような音がした。

◇◇◇◇◇◇

サーシャが現れたことで、戦況が一気に変わった。

まず、黄金の闘気を纏ったサーシャが、S級冒険者二十人以上の働きをするようになった。

剣を薙ぐと必ず黄金の闘気が放たれ、敵を両断した。接近する魔獣は、サーシャの剣技で細切れにされた。

ハイセのショットガン、グレネードランチャーが、近づく魔獣を粉砕する。

「くっ……」

ケイオスは、サーシャに向かって毒のナイフを投げたが、黄金の闘気に触れた瞬間に砕け散った。

毒に侵し、介抱するフリをして遊んでやろうと思ったのだが、あっけなく終わった。

「目覚めちまったな、クソ……」

たまにあるのだ。逆境を乗り越え、『能力』がさらに強くなることが。

今のサーシャがまさにそれ。何があったのかは知らないが、吹っ切れたことで能力が進化したのだ。

能力『ソードマスター』は、闘気を纏い、神技級の剣技を使用することができる、刀剣系最強の能力だ。

マスターと名がつく能力は、総じて強い。

「チッ……まぁいい。あんなガキ、元から興味なんてないしな」

ケイオスの興味は完全に消えた。

◇◇◇◇◇◇

「ンだよ、あれ……」

クレインは、目元と口元をピクピクさせながら歯を食いしばる。

ゴブリンに弄《もてあそ》ばれそうになった瞬間を見た時はワクワクしたが、ハイセがあっさりゴブリンを蹴散らし台無しだった。しかも、離脱して戻って来たかと思えば、強さがケタ違いになっていた。

「ふっざけやがって、ちっくしょうが!!」

クレインは叫ぶ。そして理解する……今のサーシャは、屋外で条件が整っても、クレインでは勝てない。

それほどサーシャは強くなった。

「それもこれも、あのガキ……ッ」

クレインはハイセを見た。得体の知れない『武器』を乱射するハイセをギロリと睨《にら》む。

そして――クレインが睨むと同時に、ハイセがこれまでと違う銃を生み出した。

「あ？」

細長い銃口だった。銃を知らないクレインが訝《いぶか》しみ、銃口が――クレインに向く。

『何かを発射している』ということだけわかっていた。なので、その銃口がクレインに向いた瞬間、背中にブワッと冷たい汗が流れ、クレインは左手を前に向けて『風の塊』を展開する。

すると、轟音《ごうおん》が響き、クレインの展開した『風の盾』に銃弾が突き刺さった。

「あの、クソガキ!!」

ハイセは――約一キロ離れた雑木林に隠れていたクレインを睨んでいた。

そして、両手に『デザートイーグル』を持ち、一直線に向かってくる。約二十秒でクレインの前に現れたハイセは、『デザートイーグル』をクレインに向けた。

「お前、サーシャが報告した魔族だな？　ここで何してる……って、聞くまでもないな。このスタンピードに関係してるな？」

「はっ……だったら？」

「決まってんだろ」

ハイセは、引金に指を掛けた。クレインはニヤリと笑い、左手に風を集める。

「お前、馬鹿《ばか》か？　報告あったんなら知ってんだろ。オレの風は、屋外でこそ真価を発揮する。その妙な力のことは知らねぇけど、オレに勝てると思うなよ」

ハイセとクレインの戦いが始まった。

クレインは隻腕《せきわん》だ。報告では、サーシャが片腕を斬り落としたらしい。ハイセは『デザートイーグル』を連射するが、渦のような風が弾丸を止めてしまい、クレインの足下にポロポロと落ちる。

「チッ」

「なんだこれ、鉄の玉？　けっこうなスピードだけど、こんなモンでオレを傷つけるなんて無理だね」

「だったら……ッ」

キャリコM950。弾数五十発のヘリカルマガジン。『デザートイーグル』よりも弾数の多い銃を右手に持ち、左手にはグレネードランチャーを持つ。

キャリコを乱射するが、弾丸が全て風によって停止。連射しつつグレネードランチャーを撃つが、弾丸が空中で停止し、地面に転がった。

「魔獣どもを始末するのは楽しかったか？　オレとの相性は最悪みたいだな」

「…………」

クレインがニヤリと笑うと、周囲の木々が風によって根元から抉られ、そのままバキバキと砕け散る。そして、木々の破片がハイセに向かって飛んできた。

「チッ……」

ハイセはショットガンを乱射して飛んでくる木々を砕く。だが、全てを撃ち落とせず体術で躱《かわ》した。

横っ飛びで木片を躱すが、今度はハイセを押し潰《つぶ》そうと丸太が飛んできた。

「くっ……」

「あーっはっはっは。躱せ躱せ、潰れるぞ～♪」

クレインは笑いながら周囲の木々を根元から抜き、ハイセに飛ばす。

ハイセはショットガンを乱射しながら転がり、クレインの隙を窺《うかが》っていた。

「風……」

能力で言うなら『風魔法』だろう。だが、風の使い方が抜群に上手《うま》い。まるで意思を持たせ、クレインが自在に命令して動かしているようだ。

キャリコを連射するが、どの方向からも風で弾かれる。散弾や炸裂《さくれつ》弾でも同じだった。

「いいねぇ、その顔!!　どうするどうする？　はははっ、楽しい楽しいねぇ!!」

クレインは楽しそうだ。ハイセは深呼吸し、賭《か》けに出ることにした。

「とっておきだ」

ステンレス仕上げの『回転式拳銃《コルト・アナコンダ》』。マグナム弾を発射する高威力の拳銃を具現化。

ハイセは、クレインに銃口を向ける。

「お、それで最後？　いいぜ、おいでおいで」

人差し指をクイクイさせ、ハイセを挑発する。

ハイセが引金を引くと、マグナム弾が発射された。

クレインが風で防御するが、風の渦を掻《か》き消し弾丸は進む……が、クレインの掌《てのひら》に弱々しくなった弾丸がコツっと当たり、クレインは弾丸を手で弄ぶ。

「残念でした～……じゃ、もう終わりでいいかな？　――んん？　なんだこれ」

――今、クレインは気付いた。自分の腹に何かが触れているのを。

それは金属の棒。棒には紐《ひも》のようなモノが結ばれており、ハイセの持つ黄色い何かと繋《つな》がっている。

「ようやく隙を見せたな」

「なんだァっがぁぁあっがががっがががあがががっがっががが⁉」

ハイセが引金を引いた瞬間、クレインの全身が硬直。意識が明滅し、ビクビクと痙攣《けいれん》する。

クレインが倒れ、ビクビク痙攣を続け、ようやく痺《しび》れが消えたと思ったら身体が動かなかった。

「鎮圧用の電気銃《テーザーガン》だ。マグナム弾で防御に穴を開けた瞬間、狙って撃った」

「あ、がが、が……」

ハイセは、マグナムを撃った瞬間に電気銃を具現化。クレインの注意がマグナム弾に向いている瞬間を狙い、引金を引いたのだった。クレインは立とうとするが、上手く動けないのかビ

クビクしている。

「ふざ、けん、な……お、オレが、オレが!! ちく、しょ、あのメス、ブチ殺すまで、は……!!」

「無理だな。お前にサーシャは殺せない。サーシャどころか、この俺もな」

「くそ、クソ、クソクソクソクソクソ、クソが、クソガァァァァァ!!」

クレインは血走った眼でハイセを睨む。ハイセは『デザートイーグル』を向けた。

「オレがこんな、こんなところで、ちくしょう、チクショォォォォォォォ!!」

ハイセは引金を引く――……もう、風は起きなかった。

◇◇◇◇◇

サーシャが覚醒したことで、戦況が一気に冒険者側へ有利となった。

ガイストは冒険者たちに指示をしながら、生物と視界を共有する能力『鷹の眼』を使う部下に言う。

「最上空に視界を切り替えろ」

すると、最も高い場所を飛ぶ鷹に視界が変わる。そして――見た。

「な……なんだ、あれは⁉」

最上級ダンジョンが崩壊し、地下から巨大な『亀』が這《は》い出て来た瞬間だった。

大きさは全長百メートルを超えるだろう。高さも三十メートル以上あり、間違いなくガイストがこれまでの人生で出会った、最大の大きさを誇る魔獣だった。

新種の魔獣は、発見者に命名権がある。ガイストは決めた。

「冒険者各位に通達。スタンピード魔獣、最大最強の新種が現れた。名を『亀王《アクパーラ》』……推定討伐レートをSSSに認定。いいか、ここが踏ん張りどころだ、頼むぞ!!」

そう言い、ガイストはクレスに言う。

「殿下、ここはお任せします。『倍加』させたワシの維持を」

「あ、ああ……ガイスト、あなたは」

すると、クレスは背中がぞわぞわしたような感覚に襲われる。

ガイストが、首をコキコキ鳴らし、右手の指をパキパキ鳴らす。

「久しぶりに、運動を」

そう言い、ガイストは飛び出した。

「が、ガイスト……なんて速さだ。よし、ここはオレが――……」

と、クレスが気合を入れると、肩に小鳥が止まった。

『クレス、聞こえるか？　フフ、頑張っているようだな』

「え、この声……ち、父上⁉」

『うむ。本来ならワシも出向くんだが、ボネットが『刺し違えてでも止めます』なんて言うからな。仕方なくここから鼓舞しておる』

「あ、当たり前でしょう……父上はこの国の王なのですよ？」

『それを言うなら、お前とミュアネはワシの大事な子供だ。ふんぞり返っているだけが『王』なら、ワシは王の冠など必要ない。さて、クレス……まだやれそうか？』

「……はい!!　この国のため、オレはまだまだ戦えます!!」

『よく言った!!　さぁ、気合を入れろよ!!』

クレスは、身体が熱くなるのを感じ、自分に向かって『倍加』を発動。二人となったクレスがさらに『倍加』を施し、戦場へ向かって行く。

クレスの能力が、進化した瞬間であった。

本体のクレスが無事ならば、倍加したクレスに何かあっても問題はない。各戦場に向かったクレスが治癒能力者を倍加すれば、怪我人の治療も数倍早く終わるだろう。

「はぁ、はぁ……さぁ、この国を守って、明日を迎えよう!!」

◇◇◇◇◇

飛び出したガイストは、サーシャの元へ。

「ガイストさん⁉　最前線に……まさか、何かあったのですか⁉」

「いや……」

闘気の色が変わっている。成長したことをガイストは喜ぶが、すぐに意識を切り替えた。

「大型のスタンピード魔獣が現れた。ワシが退治してくる……ここを任せ」

「私が行きます。いえ……私たちが、行きます」

「……何？」

「ガイストさん。今の私はあなたより弱い。でも……仲間がいれば、あなたより上です。ここはあなたに任せます。では‼」

「あ、お、おい⁉　――……参ったな」

命を賭けて戦おうとしていることが、バレてしまったようだ。

ガイストは苦笑し、裏拳を繰り出す。すると、ガイストに接近していたゴブリンの頭部が砕けた。

「やれやれ……仕方ない、頼んだぞサーシャ」

サーシャはガイストから離れて走り出す。すると、隣にレイノルドが並んだ。

「行くんだろ？」

「ああ……ふ、やはりわかるか」

タイクーンが、ロビンが、ピアソラが合流。チーム『セイクリッド』の五人が最前線を駆ける。

サーシャは叫ぶように言う。

「敵はスタンピード魔獣最強の『亀王』、討伐レートはSSS……全員、いつも通りいくぞ!!」

「「「「了解!!」」」」

最前線を抜け、山脈のような巨大亀と対峙《たいじ》するサーシャたち。

チーム『セイクリッド』の戦いが始まった。

最初に動いたのはタイクーン。

「全員に『全身強化』、やつに『全弱体化』を付与する。サーシャ、ボクたちに構うな。持てる力を出し切り、やつを倒すぞ――『全身強化』!!」

サーシャ、レイノルド、ロビン、ピアソラ、タイクーンの五人に『全身強化』の魔法が掛かる。

タイクーンは杖《つえ》を亀王に向け『全弱体化』の魔法を掛ける。早くもタイクーンの顔色が青くなった。巨大すぎる『亀王』を弱体化させるために消費する魔力が桁違《けたちが》いだったのだ。

「長くは、もたない……ッ!! 全員、頼むぞ!!」

「任せて!! ミュアネからいっぱいもらった『爆発矢』で援護する。サーシャ!!」

「ああ!!」

サーシャが飛び出す。敵は全長百メートル以上ある巨大な亀。甲羅への攻撃は通用しないと考えるべき。

となれば、狙うのは。

「頭、眼、口を狙え!!」

タイクーンが叫ぶ。すると、亀王が前足を上げ、地面に踏み込んだ。

「「「ッ!?」」」

地震が起きた。地面が大きく揺れる。そしてなんと、亀王が口からブレスを吐き出した。

「オォォォォォォォッ!!」

レイノルドが大盾を構え、ピアソラとタイクーンの前へ。ピアソラは祈りつつレイノルドの背中に触れた。

レイノルドの盾でブレスは防御できる。だが、ブレスの余波がレイノルドの身体を焼く。

しかし、焼けると同時に傷が癒える……ピアソラの回復魔法だ。

「あっちいなぁクソが!!　さぁさぁ、まだまだオレはいけるぜぇ!?」

「おバカ!!　挑発してどうするのよ!!」

「決まってんだろ――ウチの最強のためさ!!」

亀王がレイノルドに注視していたおかげで、頭部の真横に接近していたサーシャに気付くのが遅れた。

サーシャは刀身に黄金の闘気を纏わせ、前足から甲羅に飛び移り、そのまま側頭部へ。

「黄金剣、『一刀両断』!!」

そのまま力いっぱい剣を振り下ろす。が……硬い手ごたえ。表皮が僅《わず》かに斬れるだけで、血がほとんど出ない。

舌打ちし、頭部に移動すると、亀王が首を伸ばし、サーシャを振り落とそうと暴れ出す。

「くっ……こいつッ」

サーシャはうつ伏せで耐える。すると、サーシャが傷つけた場所に、ロビンの矢が突き刺さり爆発した。激しく首を振っているにもかかわらず、傷口を狙った正確無比な狙撃。

傷が広がり、今度は血が噴き出した。側頭部から流れる血が痛いのか、亀王が叫ぶ。

『コァァァァァァァァァァァッ!!』

「つきゃぁぁぁ!?」

隠れていたロビンが近くの木から落ちた。亀王の叫びに耳をやられたのかフラフラしている。

タイクーンの魔法で強化されたレイノルドがロビンの前に立ち、音を盾で防御。そのままロビンを担《かつ》ぎ、タイクーンたちの元へ。

すると、再び亀王は大きく口を開け、レイノルドたちにブレスを吐こうとした。

「いいぜ、来いよ。オレの守りは伊達《だて》じゃねぇ!!」

キィン!! と、レイノルドの盾が輝きを増す。能力『シールドマスター』の力が進化した。

再び吐き出されるブレスを、レイノルドの守りが完全に拒絶する。今度はピアソラの回復も必要とせず、ブレスを弾いていた。

「サーシャ!!　狙え!!」

「――……ああ!!」

タイクーンが叫ぶ。何を狙うのか？　もう、聞くまでもなかった。

サーシャは、自分とロビンの攻撃で傷ついた亀王の側頭部に、黄金に輝く剣を全力で突き刺す。

『ギュアアアアアアオオオオオオッ!?』

「これで――終わりだぁ!!」

大暴れする亀王。サーシャは突き刺した剣の柄《つか》を全力で握りつつ、渾身《こんしん》の闘気を注ぎ込《こ》む。

すると、亀王の口、鼻、眼から黄金の闘気が一気に噴き出した。

「外部が硬くて駄目なら、内部から……さすがだな、サーシャ」

タイクーンが呟く。頭の中を滅茶苦茶に掻き回《まわ》された亀王は、黄金の闘気が消えると同時に崩れ落ちた。

サーシャは剣を抜き、崩れ落ちた亀王から飛び降り、仲間に合流。

「ふぅ……皆、無事のようだな」

「死ぬかと思ったぜ……」

「サーシャぁ!!　回復、回復しますわ!!」

「やれやれ……SSSレートに相応《ふさわ》しい、恐るべき敵だった。さて、スタンピード魔獣、こいつが最強なのは間違いないだろう。残りはどうなったかな」

「ね、ね、この亀の素材、あたしたちのだよねっ」

チーム『セイクリッド』はSSSレートの魔獣に勝利。スタンピードは最終局面に入った。

◆◆◆◆◆◆

ようやく終わりが見えた。魔獣がほぼ討伐されると、上空にいる鷹が叫んだ。

『皆、ご苦労だった!!　殲滅完了、殲滅完了だ!!　スタンピード戦は、我らの勝利だ!!』

冒険者たちが雄叫びを上げた。

武器を投げ捨てたり、泣き出したり、仲間同士肩を寄せ合ったり、歌い出したり、笑い合ったり。仲間たちが、大勢笑っていた。怪我人、死人も多く出た。だが……今は、終わった喜びを噛《か》みしめていた。

「…………」

ハイセは『デザートイーグル』を消し、その場を後にする。すると、鷹がハイセの肩に止まった。

『どこへ行く』

「宿へ戻ります。夕食近いんで」

『……ハイセ、こんな時くらい』

「こういうの、苦手なんです。一人でのんびり過ごします」

『片付けがあるんだがな』

「スタンピード戦の俺の報酬、『片付けの免除』でお願いします」

『……やれやれ』

そう言い、鷹はハイセの肩から飛び去った。

ハイセは、誰にも気付かれないように、その場を後にした。

◇◇◇◇◇◇

サーシャは、大勢の冒険者たちに囲まれていた。

「ありがとう、ありがとう!!」「あんた英雄だ!!」

「やるじゃないか、お嬢ちゃん」「見直したぜ!!」

S級冒険者たちもサーシャを讃《たた》えていた。中盤から後半にかけ、サーシャの活躍は恐ろしいものがあった。S級冒険者たちがサーシャを認め、サーシャの咄嗟《とっさ》の命令を聞くまで認めてくれた。

サーシャは、S級冒険者たちから感謝の言葉を聞きながら、周囲を見渡す。

「探し者は、クールな死神かい?」

「え、あ……」

S級冒険者のジョナサンが、サーシャに言う。だが、首を振った。

「『闇の化身』なら、ガイストの旦那が終わりを宣言すると同時に帰ったぜ。やれやれ……あいつも、お前さんと同じくらい働いたし、魔獣を屠ったけどよ、協調性に欠ける。そういうのは評価されないぜ」

「………すみません、私ちょっと!!」

冒険者たちの間を抜け、サーシャは走り出す。すると、指揮をしていたガイストが現れた。

「サーシャ」

「ガイストさん、ごめんなさいっ!!」

「待て。ハイセなら、スラム街近くの裏通りだ」

「え……」

「あいつも、ねぎらいの言葉くらいは受け取るべきだろうな」

ガイストは、「ここは任せて行け」と言い、サーシャは走り出す。

途中、レイノルドとタイクーン、ロビンとピアソラがいたが、サーシャは無視して走り出した。

城下町に入り、スラム街近くまで行くと。

「あ」

「……あなた、サーシャ？」

プレセアがいた。ハイセと共にいたエルフの少女だ。

なぜ、ここにいるのか？　答えは、聞かなくてもわかる。

「英雄様が、ここにいていいの？」

「……私は、英雄じゃない」

「そ」

プレセアは、スラム街へ。サーシャもプレセアと並んで歩く。

「付いてくる気？」

「こちらに用があるだけだ」

「そ……ハイセのところ？」

「ああ」

「そ……くすっ」

「……何がおかしい？」

「いいえ。あなた、嫉妬《しっと》してるみたいで可愛いな、って思って」

「なっ」

「ふふ。いいわ。一緒に行きましょ」

「お、おい!!　今のは、どういう」

二人の少女は並んで歩き出す。

ハイセの住む宿に、二人並んで現れ、ハイセを困惑させるのは……また別のお話だ。

エピローグ　S級冒険者が歩む道

スタンピード戦から一月……ハイベルグ王国は、ようやく日常を取り戻した。

七万の魔獣は倒して終わりではない。その死骸の処理が一番大変なのだが、ハイベルグ国王が『魔獣の素材は自由にしてかまわない』と言うと、他国からの冒険者が大勢押し寄せ、死骸の八割を回収して行った。

一番の活躍をしたサーシャには、最も多くの褒賞が支払われた。

一生遊んでも使いきれないほどの大金だ。これは全《すべ》てクランの運営資金と、チームたちに支払う報酬となった。

同じく、ハイセにも大金が送られた。ハイセの場合、全て冒険者カードに貯金。

王都のど真ん中に拠点を構えることができたが、相変わらずボロ宿屋にいた。今日もハイセはボロ宿で、朝食を食べて薄い紅茶を飲んでいる。いつもと違うのは、新聞が手元にあったことだ。

「…………」

新聞の見出しに、『クラン「セイクリッド」が四大クランに加入秒読み。五大クラン誕生なるか』とあった。

紅茶を啜《すす》り、ハイセはカップを置いて新聞を置く。立ち上がり、受付カウンターに金貨を置く。

「延長一か月。朝食と紅茶、新聞付きで」

「はいよ」

金貨を足元のビンに入れる店主。

いつもと変わらない。スタンピード戦が終わった後でもぶっきらぼうなのは相変わらずだ。だが、これがハイセの望んだ日常。急に笑顔で接客されても違和感しかない。このままなのはありがたい。

宿を出て、大きく欠伸《あくび》をして背伸びすると……ひょっこりと、プレセアが現れた。

「おはよ」

無視して歩き出すと、付いてくる。隣に並んで歩くのも、日常となりつつあった。

「新聞、見た？」

「…………」

「サーシャのクラン、四大クランに加入間近だって。本人も『神聖大樹《ユーグドラシル》のアイビス様が支援してくれるようになった』って喜んでた」

「……お前、サーシャと仲いいのか？」

「ええ。一緒に食事するくらいには」

スタンピード戦後、いきなりサーシャとプレセアが突入してきた時は驚いた。その時は追い返したが、いつから仲良しになったのだろうか。

「あなた、いいの？」

「何が」

「表彰、すっぽかしたんでしょ」

ハイベルグ王国から、国を救った冒険者の一人として表彰式があった。

だが……もう、面倒事に関《かか》わるのが嫌なハイセは、負傷を理由にサボったのだ。

真面目《まじめ》なサーシャが心配して再び宿に来たが、面倒なので追い返した。

「私から『ハイセはサボっただけ』って伝えたわ」

「おま、余計なことすんな」

「聞かれたから答えただけよ。それに、本当のことだし」

ハイセは冒険者ギルドへ到着し、中へ。いい時間帯で、依頼掲示板の前には誰《だれ》もいない。

「討伐系？」

「ああ。お前は」

「薬草採取。スタンピード戦で、たくさんの薬が使われて、王都全体に薬が足りていないらしいわ」

ハイセは一枚の羊皮紙を掲示板から取り、受付へ。プレセアも、薬草採取の依頼を手に受付へ。

「はい!! あれ? ハイセさん……二枚ありますよ? しかもこれ、討伐系じゃあなくて、薬草採取ですけど」

「いいから余計なこと言わずやれっての」

少しバツが悪そうなハイセ。

プレセアは、三つ隣のカウンターで依頼を受けていたが、しっかり聞いてしまった。

「……くすっ」

ぶっきらぼうだけど優しい。プレセアは、ハイセのことが大好きだった。

◇◇◇◇◇

「うむうむ。いい顔になったの、サーシャ」

「あ、ありがとうございます」

サーシャは、『神聖大樹』のクランマスター、アイビスと向き合っていた。

今朝《けさ》、護衛も付けずにいきなりやってきた。さすがに驚いたが、来客用の部屋に通して話を聞いていた。

「ハイセといい、お前といい、若いのは面白《おもしろ》いの。顔を見ただけでわかった……色づき始めた果実のようじゃ。まだまだ成長する……くく、実に楽しみじゃ」

「え、えっと」

「もう十分。よしよし、久しぶりに、あいつらを集めようかの。四大クランと呼ばれておるが、五大クランでもよかろう」

「え」

「我々老人の集まりにも、若い風を入れた方がよさそうじゃな」

「……あ、アイビス様？」

「場所は……そうさな、ここにしよう。サーシャ、四賢人はワシを除いて偏屈なジジババの集まりじゃ。美味《うま》い茶、菓子を用意して待っておれ」

「あ、アイビス様⁉　あの、まさか……えっと、いきなりすぎて話に付いていけないんですが、私を……？」

「何度も言っておるじゃろ。お前を支援しよう」

つまり、四大クランへの加入。サーシャはゴクリと唾を飲み込む。

「お前ならいずれ、『禁忌六迷宮』もクリアできるかもの」

「………」

「ふふ、いい顔じゃ。お前やハイセを見ると、ノブナガを思い出す……」

「え？」

「いや、何でもない。さーて、久しぶりの王都じゃ。いっぱいお土産買って帰らんとなぁ。無断で出て来たから、本部は今頃《いまごろ》大慌てじゃの。わっはっは」

「ええぇ⁉　む、無断⁉　か、帰らなくていいんですか⁉」

「問題ない。ささ、遊びに行くぞサーシャ‼」

「え、あの、え、わ、私も⁉」

「うむ。たまにはその硬い鎧《よろい》を脱いで、おなごらしいカッコしたらどうじゃ？」

ぐいぐいと背中を押され、サーシャはアイビスと町に出るのだった。

◆◆◆◆◆

ハイセは、王都の正門から出た。

これから討伐依頼だ。さっさと終わらせようと思い、大きく伸びをする。

すると——正門の外には討伐依頼か？」

「ハイセ？　これから討伐依頼か？」

「まぁな。お前は一人か？」

「いや、正門前に集合だ。私が一番乗りのようだ」

サーシャはハイセの隣に立ち、振り返り……王都の正門を見上げた。

「覚えているか？　私とお前が、初めて王都の正門を通った時のこと」

「……………まぁ、な」

忘れるわけがない。互いに最初の一歩を踏み出し、最高で最強の冒険者になろうと誓い合った場所だ。

「ハイセ。お前のおかげで、私はこうして生きている……ありがとう」

「気にするな。お前とはいろいろあったけど、死んだら寝覚めが悪い」

「ふふ、なんだそれは？」

サーシャは笑った。ハイセも、少しだけ微笑《ほほえ》んでいた。

「なぁ、サーシャ。俺《おれ》はさ……まだ、お前のこと完全に許してはいない」

「………………」

「でも、お前の在り方は否定しない。お前が俺抜きで最高を目指す道に変わりないことは、嬉《うれ》しいと思う……一緒に見た夢を、過去の俺が見た夢を、一緒に持って進んでくれる……そこだけは、感謝するよ」

「……ハイセ」

「サーシャ。俺は変わった。お前に追放され、諦《あきら》めず、力を求めて戦っている。俺は最強を目指す。そして、『禁忌六迷宮』を踏破する。進む道は違えたけど、俺は歩き続ける」

「私もだ。ふふ……私たちの道が交わる日は、きっとくる。そんな気がする」

「……かもな」

ハイセは、歩き出す。行先はサーシャと反対方向だ。

「ハイセ」

「ん？」

振り返ると、サーシャがいた。そして……ハイセの頬《ほお》に、そっとキスをした。

「私は、過去のお前を連れて行く。お前には……過去の私を預けておくぞ」

「…………」

眩《まぶ》しい、輝くような笑顔で言われ、ハイセは頷《うなず》くこともできなかった。

ハイセは歩き出す。サーシャが唇で触れた頬を、そっと撫《な》でながら。

サーシャも、レイノルドたちが合流して歩き出す。仲間と共に、最高へと向かって。

あとがき

本作品を手にしていただき、誠にありがとうございます。作者のさとうです。

趣味は釣り、キャンプ、そしてツーリングです。新潟の堤防で釣り竿を振り、バイクの手入れをしながらツーリング計画を立て、ネットで空いてるキャンプ場を探してはチェックマークを入れている日々を送っています。自分で言うのもアレですが、かなりアウトドア系だと思っています！


『S級冒険者が歩む道』いかがでしたか？

今作品のテーマは『追放した側、された側の物語』です。追放作品の多くは『追放された側が成り上がり、追放した側がざまぁされる』展開が多いと思います。でも、ぼくとしてはざまぁされるより、追放した側にも事情がありやむを得ず追放した、というパターンもあるのではないかと。そして和解の道を辿ってもいいのではないかと思い、この作品を書き始めました。


キャラクターについて。

主人公のハイセ。隻眼、赤眼、黒髪、黒コートと『闇』をイメージしたキャラとなりました。

名前の由来は、背を背ける。『背後、背』という意味でハイセと名付けました。

もう一人の主人公サーシャ。白系の服装に、銀髪、碧眼と、ハイセと真逆で『光』のイメージで考えました。

男と女、黒と白、銃と剣、といった感じで、ハイセとは対極の存在です。

名前はハイセの名前を考えた時、ふわっと浮かんだものです。こういう直感的なものは創作する上で大事かなと思い、深く考えず名付けちゃうことが多くあります。

エルフの少女プレセア。エルフらしく『黄緑』をイメージしました。ぼくの中のエルフはショートヘアが多く、プレセアはまさに理想のエルフです！

チーム『セイクリッド』のキャラたち。レイノルドは『赤』をイメージした頼れるお兄さんキャラ。ピアソラは『桃色』をイメージした可愛いけどキレやすいキャラ。タイクーンは『茶色』をイメージした毒舌系頭脳派キャラ、ロビンは『深緑』をイメージした元気いっぱいの女の子です。

みんな個性あふれるキャラです。個人的に一番好きなのはタイクーンです！

最後に、この作品に関わってくれた全ての方に感謝を。

イラスト担当のひたきゆう先生、キャラデザが本当に素敵で素晴らしいです！　ありがとうございます！

皆様にまた出会えることを祈りつつ、あとがきを終わらせていただきます。

ファンレター、作品の
ご感想をお待ちしています

〈あて先〉

〒106－0032
東京都港区六本木2－4－5
SBクリエイティブ（株）
GA文庫編集部 気付

「さとう先生」係
「ひたきゆう先生」係

本書に関するご意見・ご感想は
右のQRコードよりお寄せください。

※アクセスの際や登録時に発生する通信費等はご負担ください。

https://ga.sbcr.jp/

S級冒険者が歩む道～パーティーを追放された少年は真の能力『武器マスター』に覚醒し、やがて世界最強へ至る～

発　行　　2023年8月31日　初版第一刷発行
著　者　　さとう
発行人　　小川　淳

発行所　　SBクリエイティブ株式会社
〒106－0032
東京都港区六本木2－4－5
電話　03－5549－1201
03－5549－1167（編集）

装　丁　　AFTERGLOW

印刷・製本　中央精版印刷株式会社

ISBN978-4-8156-2024-0
Printed in Japan
GA文庫